U0357340

微型小说的叙述艺术

The Narrative Art of the Flash Fiction

高健／著

上海大学出版社

图书在版编目(CIP)数据

微型小说的叙述艺术 / 高健著. —上海：上海大学出版社，2024.6

ISBN 978-7-5671-4980-9

Ⅰ.①微… Ⅱ.①高… Ⅲ.①小小说-小说评论-中国-当代 Ⅳ.①I207.427

中国国家版本馆 CIP 数据核字(2024)第 100473 号

责任编辑 陈 强
封面设计 缪炎栩
技术编辑 金 鑫 钱宇坤

微型小说的叙述艺术

高 健 著

上海大学出版社出版发行

(上海市上大路 99 号 邮政编码 200444)

(https://www.shupress.cn 发行热线 021-66135112)

出版人 戴骏豪

*

南京展望文化发展有限公司排版

上海华业装璜印刷厂有限公司印刷 各地新华书店经销

开本 890mm×1240mm 1/32 印张 6.75 字数 140 千

2024 年 6 月第 1 版 2024 年 6 月第 1 次印刷

ISBN 978-7-5671-4980-9/I·704 定价 62.00 元

CONTENTS 目录

写在前面：自在与他在　境遇与演进

——关于微型小说的再认识

微型小说文体发轫于 20 世纪 50 年代，自觉于 80 年代，成熟于 90 年代。站在当下回溯这一文体数十年的筚路蓝缕，从其文体自在与认识他在，以及其间境遇与自身演进诸层面作一梳理与思索，以期获得新的认知，应该是一件颇有意义也很有必要的事情。

所谓自在，即微型小说自身的客观模式和存在；所谓他在，即微型小说在我们心中的主观模式和围绕这一文体的附生存在；所谓境遇，即相对静止的他在，一定社会环境下我们对微型小说的功用态度；所谓演进，即流动的自在，时间和空间条件下微型小说的演变进化。

多年来，关于微型小说属性及文体特征的讨论，似乎从未停止。这一方面反映出这一年轻文体的活力，另一方面也说明对这一文体认知的芜杂。以下试从微型小说的客观属性和我们的主观认知两个层面，谈一些对这一文体的认识。

一、文体意义的再认识

（一）微型小说的文体自在及其演进

关于微型小说的源流，一般认为这一文体发端于古代神话传说，并多把《山海经》作为开源之作，后有人陆续把同属先秦时期的《守株待兔》《刻舟求剑》《画蛇添足》等出自《韩非子》《战国策》《吕氏春秋》甚至《庄子》《楚辞》等在内的纪事篇章一并纳入。这些作品，有些是把神话传说加上古人对于宇宙万物的朴素理解杂糅而成，有些是为了阐述某一政治理念而借事譬喻，艺术手法相对单一。

这一时期，还有一个时称“俳优”的说唱艺人群体，其演唱内容包括史诗、曲辞和民间传说等，兴盛一时，蔚然成风，甚至受到当时史官重视，对个中失明的较为出众者，称为“瞽史”。俳优说唱的内容虽然没有形诸笔墨，但在华夏文明早期，文字尚属少数贵族才能掌握的工具，口述文化对于史实纪事具有不可替代的作用，投射到叙事文体的续存与演化，亦起到不容忽视的潜移默化的作用。

及至魏晋南北朝时期，干宝的《搜神记》、刘义庆的《世说新语》，包括后人补辑的《孔氏志怪》，大体上仍相承于民间神话传说等口述文学搜录纪事一脉，体式上未脱前人窠臼。

至唐代，因韵文体唐诗的辉光遮蔽，散文体的传奇小说常被忽略。这一叙事文体与过往的不同，是从虚无缥缈超能力的神仙鬼怪逐渐回归现实人间，产生了像蒋防的《霍小玉传》、元稹的《莺莺传》等对后世产生较大影响的名篇佳作，小说这一文体趋于成熟。

自唐以降，微型叙事文体的源泉流水一路奔袭，唐代的《大唐新语》，宋代的《唐语林》《野人闲话》以及《太平广记》《夷坚志》中部分精短叙事篇章，清代的《今世说》等，时有令人惊喜的浪花涌起。特别要提及的是，清代蒲松龄的《聊斋志异》，以丰富深邃的思想内容，奇诡瑰丽的笔法，将志异小说推到了一个令人仰慕的高峰。及至稍后纪昀的《阅微草堂笔记》亦因质朴简淡的文风、异闻奇趣的乡野怪谈而风靡一时，与《聊斋志异》被并誉为清代笔记小说的“双璧”。

时间的指针运行到20世纪，从1919年五四新文化运动至1949年中华人民共和国成立，虽时有20年代鲁迅的《一件小事》、郭沫若的《他》、巴金的《可爱的人》、冰心的《一个兵丁》、沈从文的《代狗》、王任叔的《河豚子》，30年代老舍的《买彩票》、靳以的《处决》，40年代赵树理的《田寡妇看瓜》、柳青的《等待》等著名作家的极短篇小说问世，但对于作家们来说，仍是属于以短篇小说写作的无心之作，仍未达到微型小说的文体自觉。

直至20世纪50年代末，随着老舍、茅盾等作家的大力提倡，巴金等作家的积极响应，微型小说（时称小小说）作为一种独立文体被倡导，并涌现了王愿坚的《七根火柴》、管桦的《卖韭菜的》等佳作。

微型小说作为独立于长中短篇小说之外的一种文体，并以其理论建构和文本创作达到其文体自觉，应该说肇始于80年代。这一时期，涌现了大量以“微型小说”为独立文体名称的作品文本，以这一文体为研究对象的理论文章也频繁在各大报刊出现。微型小说如一江春水，以量的奔涌、质的浪花，一路蜿蜒，流淌成微型小说的大江大河。

（二）微型小说的文体他在及其意义

虽说微型小说自20世纪50年代发轫，但这一时期文体理论体系尚未建立，实操中更多的是将其作为小说中的极短篇来看待，以一种实用主义的态度来配合当时的社会需要。

到了80年代，顺应微型小说的创作发展，承载微型小说作品文本的报刊也多了起来。《小说界》于1981年5月在上海创刊，并开辟微型小说专栏；1982年，郑州的《百花园》杂志亦推出“小小说专号”，1993年更将自身定位为倡导这一文体的专门性期刊；随后，《中国微型小说选刊》（后改为《微型小说选刊》）、《小小说选刊》亦分别于1984年、1985年创刊。除此之外，《解放日报》《文学报》《天津文学》《青春》等一批报刊也成为微型小说作家展示身手的阵地。

1984年，中国新闻出版社出版的《1984年小说年卷》，把微型小说列为独立的文学体裁，并收入86篇年度佳作，这是中国微型小说第一次出现在文学编年史中。2008年，《中国新文学大系（1976—2000微型小说卷）》由上海文艺出版社出版，意味着中国微型小说作为小说四大家族之一已登堂入室，成为一支重要力量。

随着创作文本的大量涌现，微型小说理论也如雨后春笋，得到快速发展。江曾培、凌焕新、顾建新、刘海涛、徐习军、龙钢华、姚朝文等文艺理论学者相继投入对这一文体的系统研究，王蒙、冯骥才、林斤澜、汪曾祺、阎纲、吴泰昌、雷达、南丁等作家、评论家也从创作和评论层面给以热情关注和大力支持。

与此同时，各类微型小说活动也层出不穷，《小说界》《小小说选刊》自 1985 年起，多次举办全国性微型小说（小小说）征文；《微型小说选刊》《小小说选刊》于 1985、1986 年先后在北京等地召开微型小说（小小说）创作与发展座谈会；1989 年在上海召开了微型小说界具有里程碑意义的中国微型小说学会筹备会议，1990 年在河南商城举办了承载一代小小说人梦想的汤泉池笔会，1994 年在新加坡举办了首届世界华文微型小说研讨会，更是将这一文体的影响传播到海外；2005 年，河南省郑州市举办“中国郑州·首届金麻雀小小说节”；2013 年，湖南省常德市武陵区举办“首届武陵国际微小说节”……这些活动的开展，宣传了微型小说这一文体，营造了微型小说的创作氛围，助推了微型小说创作的繁荣发展。

1992 年，中国微型小说学会的成立是微型小说崛起的另一标志性事件。当年 8 月通过国家民政部登记注册，作为国家一级学会的中国微型小说学会宣告正式成立。学会驻地上海，上海文艺出版社总编辑、《小说界》主编江曾培先生为首任会长。

2002 年，由中国微型小说学会学术指导，江苏省镇江市委宣传部、市文联、《金山》杂志社联合举办的首届“全国微型小说（小小说）年度评选”活动顺利举行。该活动自第 13 届更名为“中国微型小说年度奖”，至今已举办 20 届，对于促进微型小说的创作和发展，产生了较大影响。2003 年，《小小说选刊》《百花园》杂志和郑州小小说学会联合设立“小小说金麻雀奖”，该活动至今已举办9届，成为小小说（微型小说）界又一重要奖项。

2018年，为庆祝改革开放40周年，展示微型小说创作成就，《微型小说选刊》《小小说选刊》《百花园》《天池小小说》等报刊以及各地作协、微型小说学会等团体均在各自层面组织了“改革开放40周年最有影响力微型小说（小小说）”评选，各自评出1978—2018年间较有影响力的微型小说（小小说）40篇。这些作品立足人民大众，关注社会现实，彰显艺术力量，以不同风格，从不同角度，书写中国故事，弘扬时代精神，甫一问世即获得广泛关注，彰显了微型小说文体的独特魅力。

应该看到，微型小说这一文体的发展，是作家、评论家的文本努力和理论构建的结果，也是学者、编辑、出版、活动组织等各界人士抱薪添柴共同努力的结果。有的在文体倡导、图书出版、活动组织以及微型小说相关团体的筹建等方面，做了大量的工作，为这一文体组织系统的建立、底层理论体系的建构等，做了开拓性工作；有的在编辑微型小说期刊的同时，还撰写了大量理论文章，组织有影响的微型小说活动，促进了微型小说板块的崛起，其影响辐射至更为广泛的区域；有的在创作大量微型小说作品的同时，积极参与、组织微型小说相关活动，特别在微型小说对海外宣传推广、交流沟通等方面，为这一文体走出去，做了许多细致、具体的工作；有的对微型小说文体特征做了大量学科性研究，提出微型小说的审美教育理论；有的在构建微型小说学科理论方面，提出建设性理论框架，开创了学科研究的先河；有的在微型小说写作理论及创作技巧方面做了大量基础性工作，等等。

中国微型小说的发展，亦不应忽视外国相关作家和作品的浸润和影响。除了阿·托尔斯泰的那句“小小说是训练作家最好的学校”被反复引用外，俄苏时期的其他一些作家，如契诃夫、屠格涅夫、左琴科，以及其他国别不同时期的作家，如海明威、卡佛、欧·亨利、马克·吐温、卡尔维诺、卡夫卡、星新一、川端康成、芥川龙之介、黑井千次等，其文学思想、写作理念甚至创作技法，均对当代中国微型小说作家产生过较大影响。

各门类艺术的发展，是一个互洽互鉴、融合促进的过程，微型篇幅的叙事也不例外。我们在梳理这一文体的发展历程时，也应纳入视野加以考量。

基于篇幅的限制、叙事的凝练与意境的营造，作为韵文体的诗歌，与微型小说有着同样的气质与追求。如果说，《孔雀东南飞》和《木兰诗》分别是韵文中的长中篇结构，那么杜甫的《石壕吏》更接近短篇小说的写法，而崔护的《题都城南庄》和张继的《枫桥夜泊》则完全具有了微型小说的神韵。其间时间、地点、环境的交代，人物的场景形象，叙事的留白跳跃，及至结尾的令人回味，读者完全可以根据诗句演绎出人物生动、情节完整、意境凄婉的微型小说——长安南庄的桃花凋谢了，但人们的心中却芳菲依旧；姑苏城外的钟声停止了，但读者的耳边却余音袅袅。

中国写意画特别讲究以简练的笔墨描绘景物，其“用意第一”的艺术思维也颇与微型小说的讲求立意契合，其留白的技法，更是为微型小说直接借用。书法的行草也是以笔画的简练流畅，讲求结构，暗合微型小说的叙事凝练、谋篇布局。各艺术门类的渗透浸润，均对微型小说文体产生潜移默化的影响。

（三）微型小说的文体存在及其价值

当下，微型小说已走过了 20 世纪八九十年代轰轰烈烈的“微型小说运动”阶段，进入常态化发展时期。作为一种相对年轻的文体，微型小说经过半个多世纪的快速发展，产生了自己的经典作家和经典作品，并初步构建了逻辑自洽的理论体系。中国微型小说学会会长夏一鸣在谈及近年来微型小说在文学领域的境况时，从四个层面梳理了微型小说的发展态势。他认为，第一，从产量和品种来看，全国每年发表微型小说作品约四万种，蔚为大观。第二，从阵地来看，除专业微型小说媒体外，亦有一些报刊开辟有微型小说相关栏目，微型小说虽不能说是“保留节目”，但绝对称得上是其“重场戏”。而作为二度文献的微型小说年度选本，全国每年也出版六七种以上。第三，从团队来看，微型小说的作者队伍人数众多，涌现出孙犁、汪曾祺、高晓声、林斤澜、刘心武、孙方友等名家大家。微型小说团队也快速崛起，产生了中原板块、广东板块、江淮板块、两湖板块等创作群体，各有特色，各领风骚。第四，从成果来看，自 20 世纪 90 年代以来，多篇微型小说作品被收入中国各地区大、中、小学语文教材。冯骥才先生的《俗世奇人》还获得了第七届鲁迅文学奖，给微型小说作家以极大的激励和鼓舞。

当然，在看到成绩的同时，更应该关注的是微型小说发展的隐忧。在信息载体以光电媒体代替纸本介质的今天，在获取信息以快节奏浅阅读成为主要手段的今天，在价值取向以实用主义代替审美主义的今天，微型小说从来没有像今天这样渗透到每个人的生活日常。甚至在上下班几十分钟的路途中，人们就可以通过读屏完成一次道德教化或情感救赎。人类的认知进化失去了应有的仪式感，得来全不费工夫的结果，是人们失去了对信息的审慎过滤。信息的洪流过后，留下的只是脑海被冲刷过的痕迹，连一粒珍珠也没有留下。反过来，信息制造相对容易的结果也就难免粗制滥造。所以，每年数万篇微型小说作品问世，能够让人记得住、叫得响的精品力作寥寥，更多的时候大家是在封闭的小圈子里夫子自道。

微型小说理论方面，亦有值得认真审视之处。多年来，以写作技巧为重心的实用主义理论导向，缺乏把这一文体放在当代中国文学场域大视野来观照，使得微型小说研究缺乏对当代文学价值的自觉反省。同时，由于微型小说文体特征和文本创作研究基础理论、元理论的缺乏，使得微型小说与短篇小说的界限模糊，不得不消耗在与短篇小说甚至寓言等其他叙事文体的博弈之中。多年前专家学者提出的问题今天依然是问题，理论界对微型小说文体属性的矛盾犹疑，某种程度上也反映了当代微型小说学术理路与研究范式对其自身文学价值的忽略或遗忘。

跳出微型小说的文体自在，站在文化社会学层面观之，这一文体的诞生，暗合了当下社会发展的趋势，以最凝练的文字传递最有价值的信息。笔者以为，作为一种文体，其区别于其他体式小说的存在价值有以下几点：

其一，微型小说的篇短制微，既是其难以像中长篇那样反映社会深度与广度的短处，然而也是其作为文学轻骑兵能够快速反映社会点滴变化的长处，是能够最快速触及社会变化的文体。其二，微型小说因为篇短制微，更多的属于文学领域的“智力游戏”，应该是最为活跃、最具创新性的一种文体，其对文学创作新形态的探索，对文学新思想的触摸，具有先遣队的作用。微型小说不仅是训练作家的学校，还应该是文体探索的试验田、文艺思潮的发源地。其三，微型小说因为篇短制微，其每一篇成品都应该是“精致文本”，以最个性的叙述直抵生活最真切的烟火气。

二、文体特征的再认识

（一）微型小说的特征自在

微型小说的文体特征是讨论较多的一个话题，这一方面说明学界对这一问题的热衷，另一方面也说明了微型小说的文体特征尚未确定。中国微型小说学会第三届会员代表大会后，新一届理事会意识到这一问题是关系到这一文体发展的根本问题。于是，由中国微型小说学会组织，邀请相关专家、学者，分别于 2019 年 5 月在安徽铜陵，同年 11 月在江苏连云港，

2020 年 10 月在浙江宁波，举行了三次专题理论研讨会。几次研讨，尽管与会专家就这一问题争议较为激烈，但最终达成较为一致的意见。

首先，就文体称谓。20 世纪 80 年代，微型小说的文体自觉初始期，其称谓不下十余种。及至目下渐趋统一，以微型小说、小小说称谓较多。笔者以为，各人以自己习惯称谓对这一文体发展不会产生实质性影响。中国地域广阔，文化习俗不一，仅饺子就有十余种叫法。在目前无法统一的情况下，微型小说称谓问题可交给时间。其次，就文体概念，微型小说为具有小说构成的基本元素和独特的叙事特征，篇幅在 1 500 字左右的叙事文学。再次，就文体特征，一般认为，具有语言的精炼性，因精炼而篇幅短小；情节的单一性，因短小而难以繁复；人物的简洁性，受限篇幅，宜少而精；意蕴的多重性，篇幅短小，余韵绵长。

在讨论微型小说文体特征时，有一个问题争议较大，即微型小说的篇幅体量。由于篇幅短小是微型小说最直观的外部特征，曾有学者建议微型小说应限定不超过 1 500 字，但有人反诘，难道 1 501 字就不是微型小说了?! 各登载媒体、征文活动在实操中，对字数的要求也是尺度不一，过于严格的字数限定，实践上是无法操作的。文学创作不是工业化生产，故应允许一定的弹性存在。可以提倡精短，“篇幅以 1 500 字为宜”，保留一定的伸缩度。实际操作中，2 000 字左右也可看作微型小说，但 3 000 字以上，再说其是微型小说，就像百余公斤的胖子说自己苗条一样，有些滑稽了。

（二）微型小说的主题自在

一种文体如果与社会过于“隔膜”，总是以志异志怪等与现实相去甚远的题材为主要创作路径，难免被边缘于社会发展之外，成为“闲章”。去除所谓的“文人清趣”，作家主动走进民众并成为他们中的一部分，融入火热的现实生活，在文本中呈现他们的喜怒哀乐，这种文体也才能为更多的人所接受所喜爱。原《百花园》《小小说选刊》杂志主编杨晓敏先生所倡导的“小小说是平民艺术”，其用意大概也在于此。

经过半个多世纪的探索，微型小说的文本内容呈现出多样化态势，逐渐摆脱前人志异志怪的套路影响，作家的笔触逐渐回归以人为视角，以俗世凡人的形象和心理情感为表现中心，将笔触更多地指向火热的现实生活，能够较为及时、敏锐地捕捉和反映当下社会发展的点滴变化。记录社会变迁，触摸现实生活，刻画平凡人物，已成为当下微型小说创作的主流。

对于历史题材，也逐渐摆脱以往那种先入为主的解析历史、刻板地图解政治的模式，以发展变化、唯物理性的观念在事件演绎、人物重构、思想内涵等方面有了新的开拓。

微型小说从其源头一路流来，除却志异志怪，借事喻理、托物言志的寓言体式是较为显现的一脉支流。当下作家在运用这一主题时，有意识地摒弃其中较为低幼的简单说教模式，将其主题内容以现代视角和现代思维来观照、考量，并融汇于作家个体的哲理思辨，老树新花，赋予其更为丰富深远的思想内涵。

（三）微型小说的形态自在

微型小说要实现“以小见大，以少胜多，纸短情长，言不尽意”（江曾培语）的审美理想，在有限的篇幅前提下，一般呈现为构思的匠心独运、语言的精短凝练、人物的简洁个性、故事的新颖奇妙、情节的出人意料、表达的留白跳跃、结尾的含蓄蕴藉，相较于其他体式的小说，微型小说更多地呈现为更为凝练、更为精致、更为蕴藉的形态存在。

如果把长篇小说比喻为大海，中篇小说比喻为河流，短篇小说比喻为小溪，那么，微型小说则可比喻为一洼池塘，是一种“尺水兴波”的艺术。虽然因为篇幅的限制，难以反映更为纵深、广阔的社会场景，但并不妨碍其反映人性的复杂，于微观视角的叙事中蕴含着宏观视野的思考，故微型小说更多的是通过生活的小切口小角度来塑造人物、表现生活，表达作家个人对社会的理解、阐释和批判。

作为一种微型叙事，微型小说是最多尝试文本创新的一种文体，账单式、公文式、对话式、散文式、笔记式、剧本式……有些创新甚至还以多文体跨界组合呈现，以文本创新模糊了文体之间泾渭分明的界限。应该说，这些创新尝试，不仅对微型小说单一文体，甚至对其他文体都具有开拓性意义，丰富了微型小说这一文体的表现手法和表现形式。

需要注意的是，在讨论微型小说的呈现形态时，容易把呈现形态与文体特征混淆，其呈现形态的讲求构思、注重留白、人物简洁、语言凝练等，其他叙事文学也会使用，不具唯一性；而其文体特征篇幅的以短制长，内涵的以小见大，人物的以少胜多等，这些因素综合于一体则为微型小说所独有。

三、文本个体的再认识

（一）微型小说的文本自在与评价他在

自20世纪80年代微型小说的文体自觉以来，产生了一批业界经常提及、大家耳熟能详的佳作，如汪曾祺的《陈小手》、冯骥才的《绝盗》、毕淑敏的《紫色人形》、谈歌的《桥》、孙方友的《雅盗》、于德北的《杭州路10号》、邵宝健的《永远的门》、陈启佑的《永远的蝴蝶》、刘以鬯的《打错了》等。这些作品或被收录于各种选本甚至中学课本，或被学者作为文学范本进行研究、赏析，或被翻译成其他文种推介到海外，显示出经典作品超越时空的文学价值。

应该看到，微型小说精品佳作的生产，除却作家的个体劳动外，业界有相当成熟的遴选、推介机制也至关重要。以下几条路径，似可看作一定时期微型小说创作的“风向标”：

一是奖项评选。这一文体的评选奖项较多，较有影响的有“中国微型小说年度奖”“《小说选刊》双年奖”“小小说金麻雀奖”等。其中，“中国微型小说年度奖”的评选，由多位著名作家、评论家、微型小说相关媒体资深编辑担任评审委员，集中了大家的智慧和审美判断力，经过多轮筛选，从年度发表的数万篇作品中遴选出来。近年来，这一奖项评选的相裕亭的《看座》、曾颖的《锁链》、李立泰的《菩萨》、安勇的《再见了，虎头》、赵新的《功夫》等，一定程度上代表了当年的微型小说创作实绩。

二是文本选刊。其中影响较大的为《小说选刊》《小小说选刊》《微型小说选刊》《小小说月刊》。近年来，《故事会》（蓝版）也从作品的故事性、可读性角度，选发了一批较受欢迎的微型小说作品。

三是年度选本。作为微型小说年度遴选的“固定科目”，多年来，百花洲文艺出版社、花城出版社、长江文艺出版社、现代出版社、漓江出版社等都有年度选本出版。用文艺理论学者卢翎的话说，这些选本，“它记录文学创作的发展态势，留下一个时期内涌现出来的佳作，为文学经典化完成了最初筛选”。

四是作品汇编。这类图书较多，早些年较有影响的有：2006年，《微型小说鉴赏辞典》，上海辞书出版社出版；2008年，《中国新文学大系（1976—2000微型小说卷）》，上海文艺出版社出版；2009年，《中国当代小小说大系》（5卷），河南文艺出版社出版，等等。近年来，新世界出版社以中英文两种版本，出版了“中国微型小说精选系列”；上海文艺出版社以中国微型小说年度奖优秀作品汇编的方式，出版了“中国微型小说读库系列”；上海文化出版社从提高学生的阅读理解与写作能力角度，出版了《过目不忘·50则进入中考高考的微型小说》（10册），等等。这些，既是当下微型小说文本作品的载体，也是对这些作品的评价和推介。

但是，也应该看到，微型小说数量繁荣的背后，是质量的相对滞后。内容与形式同质化严重，不少作品不仅体量上“微型”，其思想内涵、艺术手法也“贫瘠”。

同时，更应该看到，微型小说作为一种文体，虽然已从短篇小说中独立出来，成为小说“四大家族”之一，但不论是文体社会影响力，还是作家参与度等方面，还难以与其他“三大家族”相比，仍有相当长的路要走。

（二）微型小说的文本境遇与创新演进

微型小说从其源头来讲，系从古人传说、故事、笔记、传奇、小品、随笔嬗变而来，多从逸闻、野史、闲趣功用，大都属“闲笔”之列。及至近代，其教化警世功用增加。

自 20 世纪 50 年代文体自觉意识萌发之后，因短小精悍，操之于易，加之其叙事内涵易为大众所接受，人们更是把微型小说作为一种实用文体使用，以配合一定时期社会宣教，发挥其文学轻骑兵的作用。

一种文体，如果完全进入政治话语体系，遵循威权话语言说方式，图解和阐释观念与政策，那么这种文体永远难以“长大”。80 年代之后，微型小说逐渐回归文学本位，作家从“自我”出发，以自己对生活的独到认识和感触，创作出一大批具有从“生活的质感”到“精神的穿透”的创新之作，既有汪曾祺的《天鹅之死》、王蒙的《手》等政治色彩浓郁的发聩之作，也有高晓声的《雪夜赌冻》、白小易的《客厅里的爆炸》等哲理意义浓郁的思辨之作，还有陈世旭的《老曹，你好》、修祥明的《天上有一只鹰》等生活内涵浓郁的“闲情”之作。

以代际划分，微型小说作家至今已然“四世同堂”。几代微型小说人对于这一文体的探索从未停止。从创作的思维方式角度，笔者以为，大体可分为“故事叙事派”和“文学叙事派”两种倾向。故事叙事派强调作品的故事性，在写作手法上侧重于情节驱动，主张汲取故事创作的表现特点为我所用，主要通过故事讲述来表现生活，增加作品可读性；文学叙事派更强调作品的文学叙事，在写作手法上侧重于人物驱动，主张运用各种文学手法来塑造人物，主要通过特色化文学语言，营造富于个性的文学氛围，给读者以阅读的审美愉悦。

其实两种“流派”并无高下之分，只是侧重点不同，各有特色，各有长短。具体到文本个体，哪种更为适合，似可根据主题、内容、素材和想要达到的效果，进行取舍、揉合和探索。离开具体的文本谈方法，其实是创作的一个伪命题。文学创作的魅力在于“创新”，任何方法与形式的刻板限定，都容易带来创作的僵化。

（三）微型小说的评论自在与境遇他在

关于微型小说的研究学者，大体可以分为以下几个群体：一是以微型小说文体为主要研究对象的学者，除前文提到之外，还有雪弟、张春、夏阳、袁龙、吕奎文、刘文良、郑贱德、袁昌文、梁多亮、李兴桥、杨贵才、于尚富、许廷钧、刁丽英等，他们都曾出版过微型小说著述，但有些半途离开这一研究领域了，殊为可惜。二是不以这一文体为主要研究对象，但对这一文体涉猎较多的学者，如刘俐俐、南志刚、郭虹等。三是在高校从事写作学和文艺学教学的教师，作为这一文体研究的“学院派”，其理论较有体系性，概括、总结较有深度，但对创作现实的引领和指导意义相对较弱。

除以上外，还有以创作为主，但对这一文体有理论探讨的“两栖作家”，以及身在微型小说领域，因工作关系，对这一文体有研究和提倡的人士。这些群体的力量汇成了推动这一文体向前发展的蓬勃动力。

近年来，学界对微型小说这一文体的研究，主要集中在发展历程的梳理、文体特征的研究以及创作规律的探索方面。笔者以为，其中创作规律的探索较为成功，对于常见艺术手法和表现形式的研究，得到较广泛的认可。但也存在着模式化、程式化倾向。对于发展历程的梳理，不够细致、详尽、权威，尚须加强，以期在保留相应的历史资料的前提下，梳理和总结出这一文体的清晰运行轨迹和科学发展规律。对于文体特征的研究，虽然相关研究著述颇多，大家也较为热切，但尚未形成大家公认的“定论”。

对于学界来说，今后须着力解决的问题，大致有以下几点：一是微型小说的文体名称，“名正”才能“言顺”；二是微型小说的篇幅体量，目前对字数认知相差较大；三是微型小说的文体特征，形成真正有别于其他体式小说的“权威定论”；四是微型小说学学科基础理论，建构和丰富这一理论体系，以期对微型小说学的研究范围、基本要求、学科体系、工作任务以及这一文体的一般规律和基本方法等形成一套完整的理论体系。

总体来讲，有关微型小说研究的课题仍没有得到学界足够的重视，还比较“小众”，与当下的微型小说创作和发展不相适应。

微型小说从其文体自觉肇始，已走过半个多世纪，在中国现代文学的百年叙事中，尚属较为年轻的一员，但它以与时代同步的鲜明色彩，现实主义的深沉气质，浪漫主义的精神追求，构建了中国文学一道独特的风景线。今后，相信它会继续扎根中国文化的深壤厚土，以清醒的姿态扬弃、融会和超越，触摸更为高远辽阔的文学天空。

微型小说叙述艺术的审美与方法

如何讲故事

——微型小说的叙事艺术

一般来说，小说的叙事，就是以讲故事的方式塑造人物，即叙述由小说主人公参与活动的事件运行发展的过程。而微型小说的叙事，更多的是通过生活中的超常规事件来塑造人物、表现生活。

其实，包括微型小说在内的文学创作，不仅要向读者展示作家的经历和遇见，更要向读者表达自己的情感，让读者感受到自己的生命体验。微型小说的叙事，最主要的就是如何讲好故事，在故事中塑造鲜活生动的人物形象。美国作家希区柯克曾说："好的故事就像人生，只是少了所有无聊的部分。"故事是浓缩提炼之后的生活。一篇微型小说中所蕴含的故事，应该能够"讲得出，听得进，记得住，传得开"，这才是好的故事。

在微型小说创作中讲好故事，更有利于塑造人物。想要塑造一个鲜明生动的人物形象，用一大堆形容词不如讲一个故事更有说服力。屠格涅夫的微型小说《孤狼》，从"我"的视角，见证了护林人孤狼处理偷树人的全过程，让人看到一个外冷内热、忠于职守的硬汉形象。小说没有将过多的笔墨放在孤狼的形象描写上，而是以客观冷静的叙述推进故事：孤狼抓住贫苦的偷树人，将他带回小屋，捆绑起来。激烈的对话冲突后，看似无情地赶走偷树人，实则将他放走。通过故事情节的步步推进，一个外表冷酷、内心善良的守林人凸显出来，人物形象渐渐立体鲜明起来，这样远比空洞的描述更让读者印象深刻。

在微型小说创作中讲好故事，能够增加作品的可读性。美国出版人唐纳·马斯曾说过，读者喜欢一本小说的原因只有一个：很棒的故事。故事之所以能够口耳相传，源于人类对于陌生场景和新鲜生活的好奇天性。读者喜欢的微型小说不一定都有一个好故事，但有一个好故事的微型小说，读者一定会喜欢。《俗世奇人》之所以受到读者欢迎，和冯骥才先生比较会讲故事有很大的关系，不仅仅是微型小说，他的中长篇小说也因很强的故事性受到热捧。

微型小说有一个好的故事，也有利于作品的转化、传播。很难想象一个故事情节枯燥干巴的微型小说会被改编成影视剧。李伶伶一篇 1 500 字的微型小说《翠兰的故事》，由于贴近生活的故事情节，生动鲜活的人物塑造，被电视制片人俞胜利先生慧眼识珠，由作家改编成 30 集电视连续剧，先后在河南、河北、山东、青海、吉林、辽宁等地电视频道热播，取得良好的收视效果。另一方面，近年来，众多微型小说作品出现在不同地区的中考高考题目中，也进一步提高了这种文体的实用价值和传播效果。

《故事会》杂志曾总结了优秀故事作品的六个特点：新、奇、情、巧、趣、智。基于故事与小说的天然联系——一个是口头叙事文学，一个是书面叙事文学，这六个字同样可以用于审视微型小说。针对微型小说创作的叙事，中国微型小说学会会长、《故事会》杂志主编夏一鸣又增加了一个字：味。可以说，“新奇情巧趣智味”基本涵盖了优秀微型小说中的故事特点。

“我不善于讲故事，也不喜欢太像小说的小说，即故事性很强的小说。故事性太强了，我觉得就不太真实。”汪曾祺先生的这段话，有人误解为汪曾祺的小说不讲故事，其实汪曾祺不但讲故事，而且很会讲故事，只是他不喜欢在叙述模式上玩花样。他的《故里三陈》《唐门三杰》等都是通过平实的叙述模式讲了非常精彩的故事。有人形容汪曾祺小说里的故事有点像在清炒白菜里撒了几粒虾米——有味儿。讲故事，只是各人方式方法不同而已。

因为字数的限制，微型小说的故事叙述难以像其他体式的小说那样详尽铺陈，面面俱到，有自己的叙事艺术手法。从创作的思维方式角度，大致可以归纳为以下几类：

第一，留白与跳跃，表达的以一当十与想象的见微知著。留白与跳跃是微型小说较多运用的创作手法，有点类似于美术的空间想象、书法的笔断意连以及诗歌的意象跳跃。微型小说理论学者凌焕新曾说过：“微型小说具有诗一样的气质和品格，或者说它有着诗那样的美学追求，从叙事的凝练与腾挪、艺术的意蕴与容量角度看，它显现出一种诗化了的韵味。”就跳跃的语言模式而言，诗歌与微型小说倒是有相通之处。

留白是将故事的部分元素隐匿，需要读者以拼图的形式进行补充。美国作家马克·吐温的微型小说《丈夫支出账单中的一页》，可以说是微型小说留白手法运用的典范，全文只有寥寥七行，却巧妙地将一个家庭闹剧写得跌宕起伏，令人无限遐思。

跳跃性叙述则是选取故事的主要递进场景进行交代，其余的交给读者去想象补充。余华的微型小说《蹦蹦跳跳的游戏》，以小店老板林德顺的视角，写一对夫妇带儿子去医院，最后儿子不治身亡的故事。其实小说的主要情节就是三个类似的场景：第一个是夫妇二人带儿子去看病，三人在医院门口等医院的通知，妻子与儿子在玩那种蹦蹦跳跳的游戏，丈夫买了一个橘子，最后因医院没有床位返回；第二个场景比较简单，在妻子与儿子玩游戏时，护士把三人领进了医院；第三个场景是七天后，只有夫妻二人出来，丈夫买了一个面包。三个场景加上橘子、面包两个小细节，以及对林德顺瘫痪原因的揭秘，既首尾呼应，又对主人公的生活起到衬托作用，更进一步渲染了小说的悲剧氛围，让人感慨万千。

两篇小说均舍弃了那种线性递进的叙述模式，但读者并不感觉故事的断裂和零散，小说叙述的指向性与多义性，为读者留下无限想象空间，丰富了作品的内涵，作家的意旨也在无言中得到强化。

微型小说，由于作者的言语指向与叙述策略的营构，其“意义未定”的空白，更能够调动读者的思维与想象，非但不会削减其意义的传达，反而会诱导读者主动去探寻其作品所隐含的深刻意蕴，使作品的主题得到更好的表达，达到了“以一当十，见微知著”的效果，从而将微型小说篇幅的先天不足转变为意蕴的得天独厚。

第二，陡转与意外，表达的情理之中与想象的意料之外。微型小说由于篇幅短小，为了在阅读上形成审美的“速率刺激”，大多数作者特别注重构思的精巧独到，强调故事情节的奇妙与巧合，结尾的转折更是用得较多的手法之一，以期让读者在阅读时有“柳暗花明又一村”的审美效果。

汪曾祺的《陈小手》是大家较为熟悉的微型小说名篇，小说采取平实简洁的叙述，陈小手为团长太太接生、团长摆宴感谢也都是寻常套路，及至陈小手骑马返回，团长的一声冷枪，小说才摆脱了表现封建军阀作威作福、鱼肉乡里的寻常套路，上升到对中国文化中糟粕的反思与批判。

同类题材，微型小说作家徐全庆的《神医归来》，写神医肖玉楼被人陷害，因诊疗致人死亡而远走他乡。一年后肖返乡重操旧业，千方百计寻找当年被他“治死”的病人。就在众人以为肖是为了一雪前耻时，结果却是肖玉楼为了治好病人身上当年自己没有治好的另一种热症。这样的转折，既指出了肖玉楼外出学艺的深层动因，又符合人物性格特点，提升了作品立意，摆脱了学艺归来报仇雪恨的窠臼，收到了“情理之中，意料之外”的阅读效果，也使作品的人物形象得到进一步丰满和升华。

微型小说作家李永生的《狐戏》，写唐公子被阿舅引来监视一群在山洞生活的外来生人。生人时常在月夜唱戏作乐，唐公子被一个叫小翠的女生迷住。二人时常幽会，品茗下棋，渐渐产生感情。是夜，一群生人荷担挑箱准备离去，唐公子与阿舅潜伏暗处，伺机动手。就在阿舅引燃烟火招来官兵时，唐公子手中的剑向他飞去。小说的结尾是这样的：

> 涞阳县最有名的捕快唐公子，进入自己编织的那个美丽梦幻，竟沉沉不能醒来。
>
> 他呆呆地望着那伙盗贼远去。

最后一笔惊天逆转，使这篇小说脱离了人鬼相遇、男欢女爱的《聊斋志异》式陈旧套路，从虚幻的野鬼狐仙回归现实人世，上升为对特定条件下人情人性的观照与呈现，赋予小说更为深远的社会含义。

微型小说的陡转与意外，是建立在扎实丰富的生活基础之上，建立在入情入理的情节铺垫之上，为了提升主题及更好地表现和塑造人物，自然而然的转折，不是仅仅为了追求作品的戏剧效果了无意义的转折。

文艺理论学者南志刚曾说："如何巧到自然天成，避免人为生硬的巧？如何巧得有力量，体现思想情感的力量和艺术表现的力量，避免浮泛的巧？如何在巧中见深？是微型小说需要认真思考的问题。"过于追求结尾的转折与意外，陷于模式化和套路化创作，是不利于微型小说创新与发展的。

第三，含蓄与隽永，表达的意味深长与想象的丰富绵长。中国文学讲究含蓄内敛，所谓"不著一字，尽得风流"。北宋诗人梅尧臣评价杜甫的诗时曾说"含不尽之意见于言外"，这同样可以运用到微型小说的叙事特点上。20 世纪美国作家海明威也曾以"冰山理论"表达了同样的观点。短小的篇幅，如果文字的内涵一览无余，缺少了令人咀嚼的余韵，阅读的审美效应必将大打折扣。含蓄与隽永，既是文学作品内在的审美需求，也是微型小说这一文体受限于篇幅的现实需要。

含蓄与隽永，可以是语言内涵的外溢。微型小说作家相裕亭的《威风》，写盐商东家路过盐区，见众人围着管家陈三献尽殷勤，感到被冷落的东家以靴子里一根头发，扫尽了陈三的威风，也显摆了自己的威风。小说叙述客观，语言克制，近似不动声色的第三者冷眼旁观，但读者却能够感受到语言中蕴含的讽喻、扬弃之意。掩卷之余，东家的装腔作势，陈三的卑躬屈膝，无不历历在目，令人印象深刻。

含蓄与隽永，也可以是事件叙述的内敛。第十八届中国微型小说年度奖获奖作品《功夫》，写“我”下乡到北台村采访，支部书记李兆祥安排“我”中午吃派饭，表面上是一家农户，实际上是自己家里。其间李兆祥夫妇不露声色又暗含谐趣的对话，李兆祥借口饭菜可口不走蹭饭，自作主张拿“主人家”大蒜下饭，等等，这些细节无不充满生活气息。及至“我”回到县城，接到李兆祥的电话：

> 眼镜，作为记者，你的功夫还是不到家，该看破的事情看不破，这会儿明白了吗?

读者这才恍然大悟，回过头来再看前面的种种细节，不禁会心一笑，品味再三。

含蓄与隽永，是以作者将足够信息量以其言语内涵和张力带来的模糊性、多义性为前提，进而达到“仁者见仁，智者见智”的效果，通过作者与读者的共同创造，从而丰富阅读的信息量。缺乏这样一个前提，容易陷入“以其昏昏，使人昭昭”的境地，让读者陷入漫无目的的猜谜。

“理论是灰色的，而生活之树常青”，就生活的丰富性而言，对文学创作手法的探索永远在路上。叙事艺术作为微型小说塑造人物的主要手段，更是讲求各人各法，各有其妙。创新，永远是文学创作的生命力之所在。而我们所追求的，大概就是在“及人所未及”之后所引起的共鸣吧。

建构个人特有的“声音标识”

——微型小说的语言艺术

正像音质、音色、音调构成一个人的声音特质一样，作家的语言特色是构成个人艺术特质的一个基本元素。如何通过语言特色，建构起个人特有的“声音标识”，形成个人独有的语言叙述风格与特色，是优秀作家必备的一项艰苦修炼。

莎士比亚曾经说过，世间唯独诗人可以“活”两次，一次在他的生命中，一次在他的诗作语言中。可见，莎氏对语言重视到了无以复加的程度。但在现实创作中，相当多的作者对语言重视不够，仅仅是满足于说出来，而不是去探索如何独特地说出来。

作家的语言特色，可以从两个方面来理解：一是作家在作品叙述中特有的语言风格，二是作品人物语言的个性色彩。这两个方面，细究起来其实还是同一个问题，即构成作品文本的语言组织，只不过作品中的人物语言，是作家退居幕后，以“隐性叙述者”的身份完成的。

关于作品中的人物语言，可以一句话概括，即“什么人说什么话”，人物要有“自己的语言”。这话虽然说起来简单，但做起来却很难，大多数作者的人物语言败在了千篇一律的“大众脸说大众话”这道坎上。

那么，微型小说作家如何通过叙述语言的个性特色建构个人特有的“声音标识”呢？

一、通过语言的区域特色建构个人特有的“声音标识”

如冯骥才“俗世奇人”系列微型小说，具有浓郁的“津门”方言韵味，有些作品中的语言近似于单口相声和评书的语言。以下是其名作《苏七块》中描写正骨大夫苏金伞的一段文字：

> 他人高袍长，手瘦有劲，五十开外，红唇皓齿，眸子赛灯，下巴颏儿一绺山羊须，浸了油似的乌黑锃亮。张口说话，声音打胸腔出来，带着丹田气，远近一样响，要是当年入班学戏，保准是金少山的冤家对头。他手下动作更是“干净麻利快”，逢到有人伤筋断骨找他来，他呢？手指一触，隔皮截肉，里头怎么回事，立时心明眼亮。忽然双手赛一对白鸟，上下翻飞，疾如闪电，只听“咔嚓咔嚓”，不等病人觉疼，断骨头就接上了。贴块膏药，上了夹板，病人回去自好。倘若再来，一准是鞠大躬谢大恩送大匾来了。

两百余文字，既有外表描述，又有动作描写，状物譬喻，收放自如，夹以一个极具场景感的小故事，如此，一个遒劲高古的民间名医形象鲜明地凸显出来。而浸润其间的“津味”语言，使读者如同吃着煎饼馃子喝着龙嘴大铜壶茶汤，鲜明的地域韵味跃然纸上。

冯骥才的个性语言特色，不仅仅是体现在浓郁的“津味”上，更重要的是作者有意识地通过有意味的语言形式，打破语言文字的抽象性和概念性，展现出浓烈的天津地域文化特色，塑造了一系列“津门”奇人形象，这些因素综合构成了作者个性的“声音标识”。

二、通过语言的风物韵味建构个人特有的“声音标识”

如汪曾祺的一些微型小说，由于作者所描述的区域在其不同时期生活过的地方，如民风淳朴的苏北里下河流域、纸醉金迷的沪上十里洋场、政治文化交汇弥漫的京城等。但却因为其叙述语言与地域特色甚至行业特色的紧密相关性，因而其语言具有浓郁的“汪氏韵味”。

如《薛大娘》一段里的苏北里下河风物是这样的：

> 薛大娘是卖菜的。
>
> 她住在螺蛳坝南面，占地相当大，房屋也宽敞，她的房子有点特别，正面、东西两边各有三间低低的瓦房，三处房子各自独立，不相连通。没有围墙，也没有院门，老远就能看见。
>
> 正屋朝南，后枕臭河边的河水。河水是死水，但并不臭；当初不知怎么起了这么一个地名。有时雨水多，打通

螺蛳坝到越塘之间的淤塞的旧河，就成了活水。正屋当中是"堂屋"，挂着一轴"家神菩萨"的画。这是逢年过节磕头烧香的地方，也是一家人吃饭的地方。正屋一侧是薛大娘的儿子大龙的卧室，另一侧是贮藏室，放着水桶、粪桶、扁担、勺子、菜种、草灰。正屋之南是一片菜园，种了不少菜。因为土好，用水方便——一下河坎就能装满一担水，菜长得很好。每天上午，从路边经过，总可以看到大龙洗菜、浇水、浇粪。他把两桶稀粪水用一个长柄的木勺子扇面似的均匀地洒开。太阳照着粪水，闪着金光，让人感到：这又是新的一天了。菜园的一边种了一畦韭菜，垅了一畦葱，还有几架宽扁豆。韭菜、葱是自家吃的，扁豆则是种了好玩的。紫色的扁豆花一串一串，很好看。种菜给了大龙一种快乐。他二十岁了，腰腿矫健，还没有结婚。

这一段文字，既有背景交代，又有风物描述，还有人物行动，阅读中，一个里下河小镇人家的日常生活渐渐在读者脑海中清晰起来。

汪曾祺的微型小说，时常寥寥数笔即能勾勒出鲜明的区域特色以及颇为立体鲜明的人物形象，就像美术家笔下的速记风俗画，虽然着墨不多，却非常传神。其晚年的作品，更是言简意丰，形神兼备，阅读时，常常能感受到其间所透露出的"俗味"。以文字所浸染的民俗、风俗之味，彰显一方水土一方风情。汪曾祺写沪上题材，有点像三五市民坐在石库门前嘎讪胡；写京城题材，则类似坐在前门胡同甩片汤，让读者感觉其小说内容与语言形式如此完美地统一在一起。如其微型小说《熟藕》《辜家豆腐店女儿》等，对苏北里下河区域的风土人情信手拈来，在他从容舒展的笔下，从苏北里下河的堤坝上、小镇狭窄的石板道上走出来的一个个鲜活生动的人物，飘出的一缕缕熟藕、豆腐特有的清香气息，都在他的笔下鲜活起来，飘散开来。

三、通过语言的行文风格建构个人特有的“声音标识”

如果说鲁迅擅于冷嘲，那么可以说老舍长于热讽，他们的文笔，一个冷峻嘲讽、意味深长，一个京味市井、幽默俗白，鲜明的语言风格使他们的作品打上了作家独特的语言烙印。

老舍的讽刺小说《开市大吉》有一段是这样的：

> 当天晚上我们打了点酒，托老太太的厨子给做了几样菜。菜的材料多一半是利用老太太的。一边吃一边讨论我们的事业，我们决定添设打胎和戒烟。老王主张暗中宣传检查身体，凡是要考学校或保寿险的，哪怕已经做下寿衣，预备下棺材，我们也把体格表填写得好好的：只要交五元的检查费就行。老邱的老丈人最后建议，我们匀出几块钱，自己挂块匾。老人出老办法。可是总算有心爱护我们的医院，我们也就没反对。老丈人已把匾文拟好——仁心仁术。我们议决，第二天早晨由老丈人上早市去找块旧

匾。王太太说，把匾油饰好，等门口有过娶妇的，借着人家的乐队吹打的时候，我们就挂匾。到底妇女的心细，老王特别显着骄傲。

这段叙述把一群没有医德没有技术、靠坑蒙拐骗病人又尖酸抠搜的假大夫描写得十分到位，令人在忍俊不禁的笑声中，仿佛看到几个骗子得手后弹冠相庆的场景。

当代微型小说作品中，也有不少篇章让人对其语言韵味印象深刻：如凌鼎年的《茶垢》《古兰谱》以文白夹杂的语言来表现茶垢、古籍的年代久远、厚重高古，以偶尔流露的方言来表现主人公的无知贪心；李立泰的《菩萨》以诚恳质朴的语言表现了父亲的赤诚无私、一心为公；《驴妮儿》以口语化、通俗化的语言，展现了中国农民与大自然的和谐关系，描写了他们与生俱来的善良性格、质朴无华的悲悯情怀，以及农耕时代人与牲畜相互依存的共生关系和中国文化源远流长的命运共同体意识。在这里，两位作家都做到了语言与人物、语言与风物的有机融合，达到形式与内容的完美统一。

概括来讲，微型小说个性语言艺术特色，就是因其惯用的叙事基调与语势形成个人风格，并通过其语义指向构成其个人独特的韵味。这些带有浓郁的地理区域特色、人文风物韵味和个人行文风格的综合运用，构成了一位作家的个性叙述表征，具有独创性与特异性，并带给读者新鲜化和陌生化的阅读感触。

当然，在微型小说叙述中追求独创性与特异性，进而达到个性化叙述并建构起个人特有“声音标识”的同时，还须注意，叙述语言的第一要务是妥帖，即叙述语言是为推进情节、塑造人物服务的，其内涵要精准、传神与凝练；其次则是叙述语言富有意味，其外延为“纸短情长，言不尽意”，文字的表层意思与深层意蕴形成一定的张力，进而达到“欲说还休，却道天凉好个秋”的表达效果。一如清代文人钱泳所说，语言“不即不离”为最佳，“太切题则粘皮带骨，不切题则捕风捉影，须在不即不离之间”。这话值得我们微型小说作家揣摩。

洞达人性的智慧

——微型小说的人物塑造

先讲一则小故事。说是有一只蝎子想渡河到对岸去。可是，蝎子不会游泳，就向青蛙求助。青蛙不肯，说：“假如游到河中间，你蜇我一下，我不就没命了吗?”蝎子说：“那样我自己不也没命了吗?”青蛙一想，有道理。蝎子再狠毒，还不至于狠毒到害人又害己的地步吧。就这样，青蛙背着蝎子向对岸游去。就在游到河中间的时候，青蛙觉得自己脖子上被重重地蜇了一下……在和蝎子一起沉到河底之前，青蛙问蝎子：“你怎么还是蜇我了……”蝎子说：“我实在是忍不住了。”

让我们从趋利避害的角度思考，假如蝎子到对岸再蜇青蛙呢?假如蝎子感念青蛙的帮助和其成为好友，搭伴去觅食呢?假如青蛙游到河中间，假装力不能支沉入水下把蝎子淹死，然后再吃掉蝎子呢?假如青蛙明知蝎子会蜇死自己依然义无反顾，因为它得了不治之症，又想落一个大爱的名声呢?看看，这就是“人”的心理，远比动物的天性复杂得多。但我们看过的大多数小说，特别是微型小说，因为篇幅或者笔力的限制，大多与这篇《青蛙与蝎子的故事》一样，把人物简单化处理，其中的所谓“好人”“坏人”一开始就已定性，并沿着这个既定的方向一条道走到黑。

把人写得简单化、雷同化，就遮蔽了生活的丰富多义，曲解了现实生活中人性的极度复杂性和深邃性。诚如文化学者张兴龙所说：“人是人的作品，是文化历史的产物。这就导致了人的存在是在两个基本层面上展开的，一个是自然性的维度，另一个是精神性维度。正是因为两个维度存在的张力与平衡才构成了人的存在的丰富性。”特别是人的精神性维度的感性层面，更是千差万别，变幻难测。因而，从人物塑造的意义上，要表现出人的存在的丰富性，把小说创作说成是一种洞达人性的智慧一点也不为过。

一般来讲，小说塑造人物大多从认知、情态、语言、行动四个方面进行。刘巧珍（路遥《人生》主人公）不知道要俘获一个人的心，就要达到他所在的阶层，特别是要在精神上成为他的同类人，而不是拼命地对他好（人物认知）；与人说话总以“我真傻”为口头禅、神情悲悲切切的祥林嫂（鲁迅《祝福》主人公），在故事中一般难得有晴朗笑脸的描述（人物情态）；即便作诗这种雅事，也能说出“女儿愁，绣房里撺出大马猴”这样的粗语，必定是薛蟠（曹雪芹《红楼梦》人物）而不可能是宝玉（人物语言）；拼死拯救他所爱上的爱斯梅拉达才是符合读者阅读感受的卡西莫多（雨果《巴黎圣母院》主人公）的形象（人物行动）。当然，这些受人喜爱令人难忘的人物，一般不会是人物塑造手段的单一运用的结果，而是通过认知、情态、语言、行动的综合运用，才完成了个性表现，也才完成了角色的典型塑造的。

那么，篇短制微的微型小说如何塑造人物呢？

一、微型小说塑造人物的特点

受限于文字体量，微型小说的人物塑造明显不同于其他体式的小说，难以丰满全面，但并不妨碍其人物的个性鲜明。对于这一问题，微型小说理论学者龙钢华提出了“冰山型人物”说，他认为：“微篇小说中的人物形象只是作为一种手段，不像短篇小说中的人物形象那样是手段和目的的合二为一。因此，微篇小说在塑造人物时，不求文本形象的丰满圆润，而求立意的通达到位。这种形象，其内涵正和海明威的‘冰山原理’吻合，我们不妨称之为‘冰山型人物’。‘冰山型人物’的本质特征是，作家为了实现写作意图而截取人物性格的某一侧面，以表现一定历史时期社会生活的某些本质和作者的审美取向。从而创造出能给人以认知作用和美感作用的艺术形象。”应当说，“冰山型人物”说只选取更有利于其作品立意的人物性格最为鲜明最为突出的一面去集中表现，既契合微型小说文体的篇幅体量，又能够较好地服务于人物塑造和情节推进，更符合微型小说这一文体的创作规律。

二、微型小说塑造人物的方法

黑格尔曾总结出典型人物要具有丰富性、明确性和坚定性三大特征。他认为，丰富性就是典型人物应是许多性格特征的充满生气的总和，每个人都是一个整体，本身就是一个世界。但是，在人物的多方面的性格中，应有一个主要的方面作为统治的方面，因而还需要有性格的明确性。而坚定性，则有点类似于我们常说的“江山易改，本性难移”，就是说人的性格具有一定的稳定性。

黑格尔的典型人物说，其实更多的属于典型人物的共性，而忽略了典型人物更为重要的个性。而个性，才是典型人物区别于“泯然众人”的关键。所以，要较好地塑造出“冰山型人物”，最重要的是要塑造出人物的个性来。

刘建超的微型小说《将军》是一篇较为成功地塑造了典型人物典型形象的作品。在这篇 1 500 余字的小说里，作者从认知、情态、语言、行动提炼出的人物特质，通过两个主要事件（和师傅下棋、预测职工新区）和两个衬托事件（参军未果、家人之难），把一个胸有千壑、处变不惊、逆境奋进的小人物形象呈现出来。主人公身上展现出来的韬光养晦的智慧、兵不厌诈的谋略、超于常人的眼光、异于常人的言辞、面对生活重压坦然处之的气度等特质，都给人以深刻的印象，一个平民“将军”栩栩如生地呈现在读者面前。

但是，从另一个角度来看，一个有着高远抱负、超常心智的人，本可为社会贡献自己超乎常人的聪明才智，却因生活的阴差阳错，沦落到街头下棋出卖智力的境地，时也，势也？命也，运也？这是“将军”这一典型人物留给我们的另一层思考。

《将军》选取最能代表人物形象的几个生活剖面加以展现，以场景式的平面展示，而不是线性的流动叙述，舍弃生活的纵向运行轨迹呈现来塑造人物，这也是微型小说较常运用的人物塑造手法之一。这一手法能够以较为凝练的笔墨塑造出立体丰满、鲜活生动的人物形象来。

比起刘建超的《将军》，许行的《立正》则是另一种人生悲歌。小说通过主人公一次次的立正行为，人物形象不断丰富，人物命运的悲剧性不断加深，凸显了社会对人性的扭曲与摧残。小说以反讽、荒诞的表现手法，黑色幽默的艺术效果，通过一个小人物的形象，反映了两种政治生态层面的大社会——一种使人失去了灵魂和尊严，一种摧残人的思想和肉体。

《立正》通过选取人物最为鲜明的特质，并通过对这一特质的反复呈现、不断渲染，使人物形象在读者的阅读中渐渐明晰起来。这一手法塑造的人物虽然难以立体丰满，但却较为鲜明生动，适宜塑造具有较为明显特质的“扁平人物”（静态人物）形象。

须注意的是，人物特征并不等同于人物，只有具备这些特征的人物行动起来，以行动去做与其特征相符合的事情，才能构成完整的人物。明确了这一点，我们再看李伶伶的《翠兰的爱情》，会对微型小说的人物塑造产生更为深刻透彻的理解。

《翠兰的爱情》塑造了一个泼辣果敢、有勇有谋的农村女性形象。翠兰看上本村同是单身的马成，托媒人说合，但马成顾虑翠兰的性格不同意。翠兰以一个女性的心计，一步步让马成走到自己身边。小说中，翠兰先是让马成帮她买米。待马成送米上门，又有意闭门不应。第二天又大张旗鼓地去马成家要米。这一系列的行动，似要告诉全村人，马成晚上去找她，两人有了非同一般的关系。翠兰的心机在于，如若有人认真起来，自己又有退路：两人之间只是买米取米的邻里帮忙。这一妙计不但使此前对马成有意的桂芳知难而退，也断了马成追求桂芳的念想。及至马成的儿子因烫伤被翠兰接回家照顾，马成被翠兰彻底“套牢”。当然，马成最终对翠兰回心转意，更多还是在这一系列的事件中，马成对翠兰有了更为清楚的认识，为翠兰的善良、干练所折服。这些，基于小说的叙述读者自能领会。如此，这一系列的行动，完成了翠兰的人物形象塑造。

我们把这一系列推动情节发展的人物行动称作故事。

按照古希腊哲学家亚里士多德的观点，人物只有作为行动的媒介或执行者才有意义。一直以来，微型小说的人物塑造，是作者较为着力似也较为吃力的问题。何也？因微型小说的篇短制微，难以花费较多的笔墨对人物的外表、心理以及性格特征加以叙述，在行动中间接表现，也即通过人物推动故事情节的发展就成为较为常用的表现人物的手法。而在叙述中如何顾及表现人物塑造与讲述故事？作为一种叙事文体，让人物推动事件，而不是让事件湮没人物，这是微型小说塑造人物的关键，也颇为考验作者的笔力。此前微型小说界曾有微型小说是塑造人物为主还是讲述故事为要的争论，其实这是一个伪命题。作为一种叙事文体，微型小说就是在故事中塑造人物，这一点是无可置疑的。前提是，故事的推进是为塑造人物服务的，而不是为了讲述故事丢掉了人物。

《翠兰的爱情》没有刻意地去讲述故事，也没有生硬地去表现人物，但读完作品，其人物形象与故事情节在作者的叙述中得到较好的兼顾。以故事推进完成人物的典型塑造，《翠兰的爱情》为我们提供了较好的范例。

三、微型小说塑造人物的误区

微型小说的篇幅体量决定这一文体的人物塑造不同于其他体式的小说，有自己特殊的规律。初学者易于陷入以下误区：

一是人物形象简单化、雷同化。人是世界上最复杂的生物。即便像美国文学写作研究学者维多利亚·林恩·施密特把小说人物原型概括为 45 种（后又增加到 46 种），依然不能涵盖人物性格的复杂性于万一。作为思维最为高级、复杂的人类，人性复杂的幅度与深度，以及内在的人格分裂，要远远超过人们的想象。把人物处理得简单化、雷同化，要么是偷懒，要么是笔力不够。如果说人物形象的简单化、雷同化是重复别人，那么，人物形象的模式化则可看作是重复自己。所谓模式化，也叫工业化，作者沉湎于熟门熟路的惯性写作，塑造的人物形象虽然与别的作家有所区别，但与自己作品中的人物雷同较多，就像是工业流水线上的产品。虽然人物也鲜活，形象也生动，但总是在重复自己，这也是缺乏创作个性的一种表现。

二是人物设置与叙述需求不相称。这一方面表现为主次不分，人物众多。一篇微型小说，能集中写好一两个人物就很好了，如果设置了过多可有可无的人物，再平均用墨，不能够重点突出一两个人物，就容易造成多人一面的雷同面孔，或面目不清的模糊面孔。另一方面表现为“流星式人物”。所谓“流星式人物”，即很突兀地出现，又无来由地消失的人物。一个人物在叙事的中间章节，非必要地出现，后面因缺乏其相应的活动和交代，这个人物又莫名其妙地消失。

三是静态地描述多于动态地表现。作者沉迷于喋喋不休地叙述人物特征，而不是让人物动起来。英国文学批评家詹姆斯·伍德曾说："经验不足的小说家依恋静态，因为相比动态而言容易描写：叫人物从凝固的场景中动起来是很难的。"微型小说本来篇短制微，如果作者大段的叙述主人公外表特征的文字占用过多，留给故事叙述的空间就很少了。而且，想要表现一个人的品格与德行，讲述一个令人信服的故事，比夸夸其谈地形容，有说服力多了。

四是人物缺乏人格独立性。作家张炜认为："'人物'一旦出生了，作家这时候等于是他的生身父母，即便有养育之恩，也不能左右和决定一切。"不能以作者的认知代替人物的认知，让人物具有超越于其社会存在的认知行为。人物应该有自己的思维和行为，他的动机、情感或行动，应该、也必然是人物的自主反应，而非作者的情节安排。即小说主人公是一个有自己思维与行为的、独立自足的、具有完整人格的"人"，而不是作者在背后操纵的"木偶"。用上文提及的林恩·施密特的话来说："一个角色决定冲进一幢着火的大楼，并不是因为你的情节设置他要这么做——而是因为他的性格促使他这么做。"

世人常说"画虎容易，写人难"，何也？虎的外部形态总能够通过画家的生花妙笔，以更为传神的姿态呈现在纸上；而人的心灵，是世界上最难破解的"黑箱"。作家正是以文字为工具，探寻这个“黑箱”里的隐秘。从这个意义上来说，具备洞达人性的智慧，并能够以适当的文字呈现出来，这应该是成为优秀作家的必要条件之一。

找个地方很重要

——微型小说的叙述场域

小说是关于时间和空间的叙事。但在创作实践中，人们往往更多地重视小说的时间性存在，而忽略了小说的空间性存在。空间不仅是主人公活动的地点，更是故事情节推进必不可少的场景。《红楼梦》是关于大观园的空间叙事，《水浒传》是关于水泊梁山的空间叙事，《阿Q正传》是关于未庄的空间叙事。在这里，每一个空间都在向读者释放着特定信息，进而形成其独有的“叙述场域”。

所谓“叙述场域”，可以理解为作者精神倾注、笔墨挥洒的特定空间，以及在其作品文本中所表现出来的与这一特定空间相匹配的精神意蕴和风物特色。

叙述场域一旦建立，作者的作品文本便具有了文学审美意义上的独创性、特异性和专有性，作品文本便打上了鲜明的个性符号。

作为微型小说，由于无法像其他体式的小说那样铺排文字，其作品文本的个性特色尤其难以显现。所以，更应该像动物建立自己的领地标识一样，积极主动地建构属于自己的叙述场域。用文学批评学者郜元宝的话说，找个地方很重要。叙述场域的建构，一定程度上决定了作品的质地和成色。

因此，观察当代微型小说的生发演绎，梳理叙述场域的文本特征及其实现路径，对于探寻微型小说的叙述艺术，以至引领当下微型小说创作，具有重要的意义。

一、个人叙述场域的建构，需要作者创作时以强烈的主观意识，在叙述中形成鲜明的信息符码

冯骥才的“俗世奇人”系列，所写泥人张、刷子李、张大力、苏七块等，均是身怀异能绝技的奇人。同时，作品中所表现出的这些人身上的事，又都是生活中的非正常事件，张大力力举石锁索银不得、苏七块治病奇怪的收费规矩、泥人张贱卖海张五的笑谈，再杂糅“津门”方言的叙述，冯氏笔墨的信息符码由此鲜明呈现。

与冯骥才的浓笔重墨不同，福建作家练建安喜欢通过稍事渲染，夹以略带少许古韵的客家方言，展开具有传奇色彩的叙事：

> 大雨，倾盆大雨，闽粤赣边客家话所言竹篙雨，密密匝匝直插山坡。丰乐亭瓦片嘭嘭作响，一会儿工夫，茶亭的屋檐就挂起了一道断断续续的珠帘。
>
> 丰乐亭在汀江边。汀江流域多雨，是以该茶亭的楹联写道：“行路最难，试遥看雨暴风狂，少安毋躁；入乡不远，莫忙逐车驰马骤，且住为佳。”此联如老友相逢，关切之情，溢于言表。

> 丰乐亭外，有一把棠棣树枝探入了窗内，一嘟噜一嘟噜的金黄棠棣，滚动水珠。
>
> “棠棣子，酸么?”说话的是一位壮年汉子，敞开黑毛浓密的胸膛，手持酒葫芦，蹲踞在一条板凳上，剥吃花生。他身后的墙壁上，靠着一大梆刀枪剑戟家伙什。看来，他是做把戏行走江湖的。
>
> “没落霜，样般有甜?呆子的婿郎。”说话的是花白胡子老人，干瘦干瘦的，山下千家村人氏，几个儿子都在千里汀江上当排头师傅赚钱。老人闲不住，时常挑一些花生糖果来茶亭售卖。(练建安《九月半》)

语言特色、叙述方式、题材偏向以及氤氲在作品文本中的文风神韵，建构了作者叙述场域的信息符码。这些差异化存在给作品文本打上了清晰的个人印记。孙方友的“陈州笔记”系列、滕刚的“灰色幽默”系列亦大体如是。

二、个人叙述场域的建构，需要作者创作时以浓郁的风物特色，在文本中建立清晰的叙述边界

谢志强的“绿洲往事”系列，写戈壁滩上的老兵，写胡杨林中的知青，甚至写亦虚亦真的西域古国。这组作品的显性特点是限定在绿洲、往事这一特定时空中。但细究其文本内涵，夹杂着对那段难忘岁月的回忆、感叹甚或惆怅的精神内省才是作者的创作旨归，叙事只是手段。

与谢志强叙事外壳的精神内省不同，万芊则以不疾不徐的

柔软笔墨，以俗世小人物的人生百态，传递其道德取向和价值观念：

> 雾若纱帐，朦胧多日。陈墩镇与外界的客船已因雾停航多日。异乡画人在码头徘徊，雾误了他的归程。当日的航班没有丝毫的动静，异乡画人干脆在码头上架起画板写雾景。青瓦黛墙、湖湾船影，隐隐绰绰。（万芊《雾魇》）

在作者的缓缓道来中，一幅江南水乡画卷徐徐铺展开来，令读者不知不觉走进了臆想中的陈墩古镇，与主人公一起在江南风雨中浮沉。

初识作家笔下的陈墩，与全国各地其他小镇并无迥异的不同，但这里所发生的每一个故事，呈现的每一个人物，偶尔流露的每一缕风情，均在作家较为克制的描述中，涓滴成溪，逐渐清晰，呈现出江南小镇别样的风情。同时，在作者以文字描绘的江南水墨画里，着意传达的是善恶是非价值取向。

谢志强的“绿洲往事”系列，万芊的“陈墩纪事”系列，不论其想要表达的精神内涵为何，但作者笔墨对特定区域个性特色的反复晕染，一方独属于作者的叙事空间逐渐凸显。

风物鲜明、空间稳定，是建立叙述边界的关键。今天在东北，明天在西南，则无从建构叙述边界。但是，以风物特色建立的叙述边界，不仅是空间区域、地理特色，也不仅仅是一个地方的风土民俗，这些每一个作者都可以涉及。还应该包含作者对特定空间看待、参与、呈现的角度与方式。注重以风物特色建立个人叙述边界的，还有赵淑萍的“吴越风物”系列、刘斌立的“行走异域”系列。

三、个人叙述场域的建构，需要作者以类型作品的聚合性存在，形成作者与作品关联对应足够的类型标本

一棵树不能称之为森林，仅夹杂几棵白桦的森林也不会被称为白桦林。叙述场域的建构，既需要作者有足够的耐心，耐心意味着数量；更需要作者具备打造精品的匠心，匠心意味着质量。

在类型标本建立时，尤其要注意作品的关联性。作者的同名主人公或同一地理区域的系列小说并不一定能有效地建构叙述场域。叙述场域也不是单纯的空间叙事。文本类型产生于一系列反复出现的、与作品的内容和形式有关的结构要素。仅仅是系列作品中反复出现的同名人物、相同区域甚至同一题材，并不构成叙述场域的关联性作品。同样，语言特色、叙述方式、地理特色、风土民俗这些“硬件”组织，仍然不能构成作者特有的叙述场域；还需要作者的关怀角度、情感认知，以及个性的叙述特色、审美意识等“软件”系统有机组合，才能构成个人独有的“叙述场域”。正像一个人不仅包括他的肢干肉体，还包括他的思想情感。相裕亭的“盐河旧事”系列、安谅的“沪上底层”系列、刘建超的“洛阳老街”系列、杨小凡的“药都人物”系列等，也是以足够的类型标本才在微型小说界产生集束炸弹般的影响。

当然，同一作者也可以建构不同的叙述场域，其所表现的叙述特色和精神内涵也可能有所不同。比如谢志强不仅有“绿

洲往事”系列，还有糅合寓言色彩、荒诞主义、魔幻现实主义的“江南聊斋”系列等。这对作者的笔力提出了更高的要求，一般情况下，作家能经营好一个叙述场域就不容易了。

综合来讲，信息符码更多地体现在作者笔墨个性文风神韵的文本性存在，叙述边界更多地体现在地理风物特色的空间性存在，类型标本更多地体现在同一类型作品的聚合性存在，它们共同构成作者独有的叙述场域存在。

假如你是樱子的男友

——微型小说的情感张力

看过中国台湾作家陈启佑《永远的蝴蝶》的读者，应该对其中的故事情节印象深刻。作为樱子男友的“我”，亲眼看见樱子因帮“我”寄信而横遭车祸离世。在这里，作为读者可以设身处地地设想一下，假如你是樱子的男友，该是一种多么伤心欲绝的心情啊！但是，作者对此却没有更多的描述和渲染，读者在阅读中反而有一种更加强烈的情感冲击，留下了欲说还休、无语凝噎的阅读感触。

何也？

叙述的情感张力也。

古人有曰：“情动于中，故形于声”，一切艺术创作追根溯源皆发端于人的情感的涌动。而作家在小说的叙述中，其内在情感的“飞流直下三千尺”与外在表达的“重叠泪痕缄锦字”之间形成的张力，即可以看作是叙述的情感张力。

一、微型小说叙述的情感张力，可以是语言的克制与情感的涌动矛盾摩擦形成的张力

汪曾祺曾写过一篇反思“文革”的微型小说《天鹅之死》。

作品中，看似客观理性的叙述背后，是作家对美的毁灭与亵渎的悲愤之情，其语言简洁跳跃，读之却能够感受到故事连贯，意象连绵，充溢其间的忧愤之情，更是洇透纸背。看似平静的语言背后，却有着德拉克洛瓦名画《萨达纳·帕拉之死》美的毁灭那种强烈的画面感。

张爱玲有一篇不到400字的微型小说《爱》，写一个被人拐卖受尽磨难的老妇人回忆年轻时和对门青年的一次偶遇情形。作者看似冷静地陈述生活中的平常片段，读者却能够感受到似有千言万语蕴含其中。这种将心中波涛般的情感奔涌，隐忍于风平浪静的语言外表下，给人以更为深刻难忘的阅读感触。文章不长，倒可全文录于此：

> 这是真的。
>
> 这个村庄的小康之家的女孩子，生的美，有许多人来做媒，但都没有说成。那时她不过十五六岁吧，是春天的晚上，她立在门后，手扶着桃树。她记得她穿着一件月白色的衫子，对门住的年轻人，同她见过面，可是从来没有打过招呼的。他走了过来，离的不远，站定了，轻轻说了一声："噢，你也在这里吗？"她没有说什么，他也没有再说什么，站了一会，各自走开了。
>
> 就这样就完了。
>
> 后来这女人被亲眷拐了，卖到他乡外县去作妾，又几次三番被转卖，经过无数的惊险的风波，老了的时候她还记得从前的那一回事，常常说起，在那春天的晚上，在后

门口的桃树下，那年轻人。

于千万人之中遇到你所要遇到的人，于千万年之中，时间的无涯的荒野中，没有早一步，也没有晚一步，刚巧赶上了，那也没有别的话好说，唯有轻轻的问一声：“噢，你也在这里吗?”

表面的文字，似是没有多少情感色彩，只是简单地叙述事件经过。但仔细体味其情其景，却可以感受到夹杂着对流逝的难忘时光、朦胧的青春情愫以及过往的美好生活的眷恋、回忆、不舍等万千情感，不禁令人叹惋再三。

二、微型小说叙述的情感张力，可以是叙述的冷峻与事件的激烈对立统一形成的张力

中国台湾作家吴念真有一篇微型小说《门外青山》，写一个小男孩因为工伤致残，不愿连累心爱的女孩而自杀的故事。小说的结尾是这样的：

那天黄昏之前，他陪女孩下山去搭火车，从此，就没再回来了。

曾经在山路上遇到他们的人说，两个人走得很慢，好像很舍不得把路一下就走完的样子。

女孩回家了。

男孩四天后才被人家找到，他在离山路稍远的杂木林里用树藤结束了自己十九年的生命。

极端激烈的事件，作者却以看似纯客观的“零度叙述”来

表现。但读者在阅读时，却体味出隐藏在字里行间的似岩浆将要喷涌而出的情感暗流。冷静的文笔包裹着炽热的情感，巨大的情感张力之下，给人以欲哭无泪的感觉。

像本章开始提到的，另一位中国台湾作家陈启佑的《永远的蝴蝶》，也是把激烈的事件深藏在看似冷静的叙述背后，给读者以难忘的回味。樱子因帮“我”寄信，穿过马路时遭遇车祸。这样激烈的事件，作者只是轻轻一笔：

> 随着一阵拔尖的刹车声，樱子的一生轻轻地飞了起来。缓缓地，飘落在湿冷的街面上，好像一只夜晚的蝴蝶。

除此之外，更多的是对当时情景的描述，但在读者看来，此时一切景语皆情语，特别是作者对雨的反复渲染，自然环境阴冷的雨与年轻恋人热烈的爱形成强烈对比，更烘托出美的失去的伤痛与悲哀，达到了清代王夫之所言：“情不虚情，情皆可景。景不虚景，情总含景”的审美境界。至此，自然环境是思想感情的烘托和表白，而汹涌的情感又渲染和强化了自然环境。作品的情感张力就在作者的反复渲染中走向高潮。然而，作者并没就此罢休，小说的最后一句又在读者滴血的心头插上最狠的一刀：

> 妈：我打算在下个月和樱子结婚。

作品至此戛然而止，情感的张力达到高潮，留给读者的是无尽的唏嘘和喟叹。

三、微型小说叙述的情感张力，可以是文本的内敛与情境的彰显错位映衬形成的张力

作家安勇有一篇获中国微型小说年度奖的小说《再见了，虎头》，起始即充满浓郁的喜剧色彩，随着情节的推进，主人公小王、小罗的生活在彼此调侃、戏谑中甜蜜地发展。明快的语言、轻松的基调、明亮的色彩带来阅读的愉悦。但随着小说主人公步入老年，小王、小罗也逐渐转换成了老王、老罗。从生老病患到生离死别，故事情境的画面逐渐灰暗，至老罗去世，老王孤零零地回到家中，故事的画面完全暗淡下来。文中，作者只是就事论事地单线条叙述，并没有过多的文字去渲染、描述，但王、罗二人丰富多彩的人生却跃然纸上。内敛的文字与彰显出来的丰富多彩的生活情境产生强烈的对比，前面的诙谐甜蜜与后面的孤单凄凉产生强烈的对比，文本的疏落内敛与情境的繁密彰显形成前后呼应的情感张力，给读者以强烈的艺术感受。

20世纪20年代，作家王任叔有一篇微型小说《河豚子》，内容是写旧社会一家人因贫困求生不能、求死不得的悲剧。小说以看似平静的语言，仿佛在讲一个平淡的故事。小说的最后一句是这样的：

> 他一觉醒来，叹道："真是求死也不得吗？"泪绽出在他的眼上了。

仿佛也是一句平淡的叹息，但读者在阅读时，却能够感受

到这声叹息的背后是无比悲惨的人生。

放弃希望与生命，本就是人生最大的悲哀，但即便如此，仍不能如愿。“真是求死也不得吗?”看似平淡的一句话背后，其实是无比沉重的生活。这种无奈与悲伤，不身处其境，恐怕难以理解吧。

总之，微型小说叙述的情感张力，是作者刻意以文本表达与内容情境的差异化形成的。看似不以为意，实则暗通款曲；看似漫不经心，实则匠心独运。这种文本的冷与情感的热、形式的冷与内涵的热、表面的冷与感受的热形成鲜明的对比，就像是感冒时体温高却感觉冷，比单纯的冬天之冷更让人感触深刻一样，给人以更为强烈的审美刺激。同时，克制的表达，不仅节省了篇幅，同时也具有更大的暗示性，给读者以更为广阔的想象空间，更需要读者调动自己的经历，运用自己所掌握的知识去领会去品味作品蕴藏的审美信息，和作者一道参与作品形象的艺术创造，从而使作品有很强的代入感，也因此达到更为强烈的艺术效果。

像写诗一样去写微型小说

——微型小说的诗化余韵

微型小说理论学者凌焕新认为："微型小说具有诗一样的气质和品格，或者说它有着诗那样的美学追求，从叙事的凝练与腾挪、艺术的意蕴与容量角度看，它显现出一种诗化了的韵味。"相较于结尾的陡转，微型小说结尾诗化的余韵，其"意深旨远，韵味绵长"的艺术效果，更能够给读者留下难以忘怀的印象，更能引起读者的深度思考和情感共鸣。

一、所谓"诗化的余韵"，不是指语音乐声的反复吟诵，而是指作品能够给人以"欲待曲终寻问取"的余音袅袅，耐人寻思

铁凝的微型小说《意外》，写山杏一家人起早摸黑跋山涉水到县城照了一张全家福，然而半个月后照相馆寄来的却是别人的照片，全家人明知不是自己的照片，却还是把照片挂了起来，并对外人谎称是山杏未来的嫂子。在这里，照片上的女孩是谁，山杏一家为什么要挂照相馆错寄的照片，均没有交代。但相信读者在细心的思考之余，会明白山杏一家人的行为。小说表现了山里人的纯朴与宽容，以及普通人对美好生活的向

往。故事在作者与读者的共同创作中，取得了远比说清道明更为令人印象深刻的效果。

俄罗斯作家列伊拉·米勒佐耶娃有一篇微型小说《平凡的幸福》，写女孩卡米拉在车祸后陷于昏迷中，梦见自己与男友过上了幸福生活。四十年后醒来的她才发现生活原来是另一种完全不同的境况。在文章结尾，作者借由卡米拉的思考，说出了这样一段话：

> 人生本来就是一场梦。当她艰难地把身子挪到镜子前的时候，镜子里出现了一张布满了深深浅浅皱纹的脸。她凝视着自己的眼睛，企图弄明白上天给予她的这份神奇的、难得的恩赐的意义……命运真是对她不薄，让她做了一辈子梦。

与主人公的感悟相反，卡米拉所感叹的幸福，其实是一场巨大的人生悲剧，所谓的幸福只能在梦中实现，主人公的感悟与悲惨的事实形成巨大的反讽。但从另一方面来讲，所谓的幸福与否，更多的在于人的心智，青灯古佛下的虔诚与功成名就后的欣喜，是不同的人对幸福的不同理解。从这个角度来说，小说的意旨得到了发散与拓展。因为作者的匠心，小说结束了，但引起读者的思考却在延伸。

二、所谓“诗化的余韵”，不是指语音曲调的一唱三叹，而是指作品能够给人以“回首向来萧瑟处”的不胜唏嘘，意深旨远

毕飞宇的微型小说《青衣》，写旦角演员筱燕秋因病发烧

输液误了出场时间，而徒弟春来出色的救场演出又彻底断送了她对这个角色的念想。故事以痴迷自己角色的筱燕秋在大雪纷飞的路灯下悲壮地独自“演出”而结尾。虽然作者在叙述中，没有深入主人公的内心进行心理描写，仅单纯描述了筱燕秋一连串的行动，但读者在阅读时，却不由自主地会去猜测彼时彼刻小说主人公的心境：对自己被替代的不甘、无奈、愤懑、怅然……特别是结尾部分，作者故事叙述内涵的多义性、模糊性和不确定性，虽然作者的文本叙述结束了，但主人公的行动在继续，留给读者的疑问、思索也在继续。

梁晓声的微型小说《丢失的香柚》，写“我”“大串联”病倒在成都气象学校，危难之际，被一位女学生救助，她给了我仅有的五元钱和一个柚子。多年之后，当“我”按照约定，在那尊被砸毁修复好的天鹅雕塑旁照了张相片寄给她时，收到的回复却是“查无此人”。小说中，丢失的香柚、推倒的雕塑以及作为“黑五类”的她都具有浓郁的象征意味，那些美好的生命或事物被摧残，不禁将读者的思绪引入到更为广阔更为深远的社会背景去回味去反思。因之，小说才有了超越其文字之外的意义。

三、所谓“诗化的余韵”，不是指语音韵律的回环往复，而是指作品能够给人以“临去秋波那一转”的勾魂摄魄，韵味绵长

毕淑敏的《紫色人形》，写一对年轻的新婚夫妇在一场火灾中被重度烧伤，当意识到自己的生命即将终结时，女方恳求

护士将自己“轻得像灰烬”一样的躯体抱到她即将告别人世的新婚丈夫的病床上去：“我要和他在一起。”作家用近乎白描的手法、朴实的语言、感人的细节，叙述了一个惊心动魄的人生悲剧，一个在极其特殊情况下的可歌可泣的爱和情的故事。在小说的结尾，作者借由小说主人公的眼睛，向读者呈现的是：

> 在那块洁净的豆青色油布中央，有两个紧紧偎依在一起的淡紫色人形。

因为前面故事叙述的铺垫，最后一句的细节描述，给读者以极强的视觉冲击，使作品的情感刺激达到顶点，正像作者所说：“但我在看到那紧密相连的图案的一瞬间，被雷击样地震撼了，火焰样的痛楚在心底储存至今。”

日本作家村上春树有一篇微型小说《第 109 响钟声》，写男孩喜欢女孩阳子，却被告知需要神社的钟声在除夕之夜敲响 109 声才会答应。面对这似是绝情的回复，男孩陷入了绝望。除夕之夜，就在 108 响钟声过去，男孩正沮丧之际，又一声钟声响起。这一声钟声的陡转，作者借由女孩阳子的口吻揭开了谜底：

> 其实，在那个古老的除夕之夜，阳子从奶奶的口中得知，为了给附近新降生的婴儿祈福，神社会在第 108 响钟声后再敲一响，因此，一定会有第 109 响钟声，这是阳子事先知道的。

至此，小说中的钟声从祈福的宗教仪式，幻化为盛载美好爱情的象征。随着第 109 响钟声的敲响，读者也才恍然大悟，原来阳子的爱一点不比男孩少！那些看似的冷漠、拒绝都是为了深藏的欢喜与接纳。不禁感叹作家的匠心，看似言有尽实则意无穷，诗意的场景在读者的会心一笑中得到了延伸。

从某种意义上来说，微型小说作家需要学习诗歌创作的语言技巧，像写诗一样去写小说，以有限的文字承载丰厚多义的意象，给人以更多想象的空间，从而达到言有尽而意无穷的美妙的诗学境界。

从文本景观触摸“生活的质感”

——微型小说的形象特质

同其他体式小说创作一样，微型小说也是通过言、象、意建构起自己虚构的世界。在这里，我们所说的“象”，即文学形象，是作家以语言为媒介、依据自己的体验和理解，对生活现象加以概括，创造出来的具有情感因素和审美感染力的生活图画和具体场景，是客观的、具体的、实在的、有限的，它承载和隐含着作家的创作旨归——“意”。如果说“言”为“表达之器”的话，那么“象”就是“表达之器”的外显形状，而“意”则是“表达之器”的内涵意蕴。

作为微型小说个性特质的外在呈现之“象”，最为合适、妥帖的“象”，要像美术、雕塑作品一样具有质感。这里所说的微型小说“生活的质感”，是指作者在以语言表现非语言的情景时所建构的文本景观，对包括但不限于风物描述、人物塑造以至情节营构所表现生活的真实、立体、切近、独特、丰富的程度。

微型小说的形象塑造遵循小说创作的一般规律，其形象本质具有自由性、丰富性和有序性三个方面的特性。

所谓自由性，即作者在进行其文学形象塑造时，是有意识、有目的地将其心目中的人物、景象、风物等进行呈现。作者以什么样的形式，或者想要表达什么，不受限制。

所谓丰富性，即作者通过语言建立的“虚构的世界”是与“现实的世界”对应的。因为现实生活的丰富多彩，是以其镜像的虚构世界一样具有无限的可能。

所谓有序性，即作者通过语言建立的“象”，并不像其他直观艺术那样能够直接感受，需要经过作者与读者建立起来的“审美默契”——这一大家公认的秩序来接收、解码，然后才能在读者心中形成阅读感触。当然，这一“审美默契”是动态的，总是以打破—建立—再打破—再建立的形式循环。这也是一种有序。

总之，包括微型小说在内诸种文体所说的文学形象，是潜藏于作者的语言符号系统中，具有审美意义上直观的、感性的、外在的“象”，它更多地诉之于视觉，对内在的诉之于想象的“意”起到承载、暗示、衬托、强化、蕴藉的意义和作用。

微型小说的形象塑造遵循小说创作一般规律的同时，又因其文体特征而具有区别于其他体式小说的特殊规律。概括来讲，微型小说的形象特质具有微观的宏阔、稀疏的稠密、简洁的丰富三个特性。

一、微观的宏阔，滴水藏海，见微知著

由于微型小说大多以生活的小切口来表现生活、塑造人物，故更多地运用微观叙事，多以生活的小片段、小场景呈

现，虽然作者的意图指向可能是更为广阔的生活时空，一如古人所云“言在耳目之内，情寄八荒之表”。

湖南作家聂鑫森的《鸽友》讲述了两位鸽友过招的故事。故事情节很简单，仰云天、房林两位鸽友，通过鸽子“飞盘子”和“撞盘子”的对阵冲锋，检验各家鸽子的驯养技艺。

这篇微型小说，以一系列颇为专业的养鸽术语，其文本景观呈现的是养鸽驯鸽这一不甚起眼的小爱好，内里却有着纷繁复杂的门道。显然，作家的意图并不仅仅在于展示这一技艺的复杂与艰辛。鸽迷驯养鸽子的表面之“象”，烛照的是为人的大道理，是处世的大哲理，正像文学评论家曾镇南先生所言：“美的养成，是需要人付出心血、下苦功夫、久久为功、涓滴融会的，这也就是匠心吧。匠心是素心人才会有的。只有清澈的爱，才会结晶出纯粹的美。《鸽友》极写的鸽事之微，亦可见大道低回焉。”

篇幅其实不能决定文本所反映世界的大小，苏轼的《水调歌头·明月几时有》一词，从银河星汉，到亘古人间，以一阕小词的精练文本，营造了一个无垠空旷、阔大寂寥的时空，给人以无限的想象和怅然。如果说诗词与小说的意境追求尚有差异，即便同样为小说，也难以单凭文本体量来判断所反映的世界大小，如聂鑫森的《鸽友》，与伍尔夫近六千字的《墙上的斑点》，后者围绕墙上的一个斑点展开思绪，单从形象空间也难以说后者的世界更为阔大。

当然，微型小说的见微知著，更多的是就文本的意蕴而言。从众多的微型小说优秀文本可以看出，微型小说文本景观的建构可以着眼于小，但一定要着意于大。其文本景观的建构要像一方精巧的盆景一样，虽然只有咫尺之距，呈现的却是天涯之远，从而以视角的微观，达到视野的宏阔，以文本的微型，达到意蕴的高远，让读者在一滴水里看见大海，从一孔之隙看见高远辽阔的天空。

而要做到滴水藏海、见微知著，需要作者清醒地意识到：象与意不是分割开来互不关联的，而是你中有我、我中有你浑融一体的，文本中看似客体的物象其实是融入了作者主观情绪的意象。基于此，作者在建构文本景观时，既要以准确、传神、专业的笔触来呈现“物象”，更要以想象的唤醒来激发读者的“意象”。局促的有限的物象，通过想象的媒介，转化为超然的无限的意象。这样，通过作者与读者的“合谋”，微观与宏阔的悖论，得到美学形象上的生动阐释。

二、稀疏的稠密，以一当十，以象达意

微型小说的文本景观与其他体式小说的区别在于，要在较短的篇幅内营造出一个“可能的世界”，其“象”的“密度”不可能太大，因为要把有限的笔墨用于情节的推进，不可能把过多的文字用来描绘景象，即作者需要更多地去叙述人物的行动，故学者傅修延说“动词为叙事文之眼”。但人物是生活在一定的社会环境中的，“象”与人物的关系就像鱼游于水，水不能太浊，否则会妨碍鱼的游动；但也不能太清，否则鱼如生活在空无所物的真空，失却了生存的环境。但读者在阅读时，却时常感到“象”的稠密，这是因为麻雀虽小，五脏俱全，微

型小说的文体，也要依凭小说的人物、情节、环境三要素方能成立。所以，以“象”为底层元素构成的环境，在短小的篇幅内，其文本景观的呈现上，也是一个繁复的完整的世界，这就容易给读者以“稠密”的感觉。

河南作家奚同发的《瑟犄》，讲述了古瑟研究专家刘正权破译了古瑟演奏之谜，并在目睹了瑟的损毁之后，挂冠隐去的故事。

在这篇微型小说里，从古瑟的文物发现—工艺研究—复原再现—现场演奏—弦断瑟裂，在以上的情节推进中，作者并没有把这些颇为专业的“象”一股脑地推给读者，而是聪明地以似隐似露的方式，移步换景，点到即止，有限度地呈现。这样，既避免了“象”的过于稠密堆积给读者带来的阅读障碍，又能以象达意，引导读者进而去思索这有限的“象”背后的无限意蕴：数千年积淀中华文化的博大精深，世俗名利与高古品格的格格不入，急功近利的悔悟与抱朴守真的回归……

微型小说难得见到以铺排的文字去描绘人物、呈现景观，这些点到即止的文字，起到以一当十的作用，同时也给读者以更多的想象、补充空间。基于此，笔者一直认为，长中篇小说更多的是单向呈现，微型小说更多的是双向对话。微型小说的文体特征，决定了这种文体的“读出效应”，即其文本之“象”越稀疏，读者参与填充的“象”越稠密。

象有限，意无穷。想要以一当十，以有限的“象”达到无限的“意”的效果，作者在以“象”营构文本景观时，要注意到“象”的可意象性，即注意挖掘有形的“象”所蕴含的能唤起强烈意象的特性。不仅要可感知、可感触，而且要可感受、可感伤、可感叹。

三、简洁的丰富，书不尽言，言不尽意

小说是关于时间和空间的叙事。但作为微型小说来讲，所呈现的三维立体空间，只能加入一小段时间维度成为有限的四维空间。换句话说，微型小说因为篇幅的限制，难以呈现中长篇小说那样纵深的历史，这就使微型小说的“象”在文本景观中的呈现相对简洁。但这相对简洁的“象”因为作者的刻意营构，而富于“生活的质感”，显得丰厚、富丽。

广西作家蒙福森的《紫禁城的鲥鱼汤》，描绘了皇家生活凌驾于百姓苦难之上的奢华。渔民打捞到鲥鱼后的精心保存，八百里加急的亡命快送，御厨张和的烹调技艺，鲥鱼豆腐汤的色香诱惑，这些距读者生活之远的“象”，都在作者的依时叙事中，一一呈现。如果说阅读至此令人尚觉平淡的话，那么读至张和之子是被送鲥鱼官差的快马踏破头颅不治身亡时，被带入剧情的读者脑海中，才像电影中的闪回镜头一样，过往的“八百里加急亡命快送”那一幕被回放定格，成为一记无以言表的重击，给人以无与伦比的震撼。聪明的作者偏偏在此戛然而止，把不尽之意留给读者去想象去补充。

“张和幼子死于非命，让读者强烈地感受到皇家的奢侈建立在百姓死亡基础上，而精心烹制皇家汤的张和，还不知道为这个汤调味的竟然是自己儿子的血和命！巨大的张力彰显了那个时代的没落腐朽。”文化学者徐习军对本文的品评可谓一语

中的，但对于读者来说，由于其生活的境遇不同，相信还会有各自不同的解读。

博尔赫斯曾坦言，任何语言和想象对于构建这个世界都是无力的。因为人的想象受存在的限制，所以微型小说在以象达意，即想要以简洁的“象”表达丰富的“意”时，既要言之有物，赋物以意，又要避免就事论事，囿于一隅。故而其文本景观特别强调情景交融，景意一体，要在“能指”和“所指”之间，架起意之所至的桥梁。就像《紫禁城的鲥鱼汤》一样，以高度连续的形态，以适宜、独特而不同寻常的景象，通过连续的不断加强的刺激，引领读者去注意和参与。在动态的叙述中，这些景象是简洁的，但在形成一个特定的整体后，又是丰富的。这种以简洁之象，呈丰富之意，节省了笔墨，开拓了空间，深刻了内涵，蕴藉了意味，从而达到了言有尽、象有限、景有界，但意无穷的表达效果。

微型小说微观的宏阔、稀疏的稠密、简洁的丰富的形象特质，看似逻辑的悖论，实则对立的统一。微型小说不同于其他体式小说文学形象的构成状态，它所追求的“不着一字，尽得风流”的表达境界，使这一文体在极短的文学叙事中，呈现出“生活的质感”，蕴藏着丰富的内涵，给人以超越文本自身的多个层次、多维角度、多层意蕴的阅读观照，使作品文本的象外之象、景外之景、韵外之致、味外之旨得到较为完美的体现。这，也可以说是微型小说独特的文学魅力之所在吧。

从意深旨远观照精神的穿透

——微型小说的精神意蕴

微型小说“立象以尽意”，需要作者从“生活的质感”到“精神的穿透”一体两面进行艺术地呈现，即既要从“生活的质感”的“象”的层面，反映出生活真实、立体、切近、独特和丰富的外在具象情景，又要透过文本背后的思想与意蕴，引领读者去感悟和体味他所不曾感受过的内在精神境地，即达到“精神的穿透”之所在的“意深旨远”。而微型小说所营构“精神的穿透”之“意”，即是古人所云“以象达意”，可以看作是其精神意蕴的内在追求。

简而言之，本章所言微型小说文本中的“精神的穿透”，是指透过作品文本投射出来的意识、意味和意蕴。

一、微型小说精神意蕴的呈现形式

微型小说精神意蕴的建构，使作品文本超越了自身的语言限定，有了更为丰厚深远的意义，提升了作品文本的审美价值。考察精神意蕴在作品文本中的呈现形式，大致可分为以下三个层面：

一是作品文本的表层意蕴，即语言本身的自在意义，亦可称之为语意。《庄子·天道》曰：“语之所贵者意也，意有所随。”语言的重要性在于表情达意。而作品文本的表层意蕴即是语言的基本意义，是浮在语言表面的，是浅显易懂的。相裕亭的微型小说《看座》，如果仅从作品文本的表层意义理解，应该是这样的：贫苦渔民汪福，在流经财主沈万福家田边的小河中打鱼谋生，并在河中的荒岛上开荒种地。后因汪福在给沈家送时鲜时，坐了不该坐的椅子，小岛被沈万福家收去。但读者理解到这一层，总觉得意犹未尽，感觉作者还有其他深意蕴藏在文字中，这就涉及精神意蕴的第二层意义。

二是作品文本的内涵意蕴，即语言包蕴的潜在意义，亦可称之为赋意。春秋时期左丘明赞扬孔子《春秋》“微而显，志而晦，婉而成章，尽而不汙”，此即历代文人称颂的用笔简约、暗含褒贬的“春秋笔法”。我们所说的内涵意蕴大体也可与此类比。从这一层面上再来看《看座》，你会发现作者是想以这样一个故事表达这样一种观念：“沈家可以随心所欲送岛给你，同时也可以因一个偶然的因素把岛收回，下层草民的命运，永远被有钱人掌握着，这种不允许下层人冒犯他的权威、冲击他的文化秩序，这就形成了这一类有钱的上层人的本质特征。”（刘海涛语）由此，读者与作者一同完成了对这篇小说第二层意蕴的挖掘与阐释。

三是作品文本的外延意蕴，即超越语言的他在意义，亦可称之为衍意。《庄子·天道》在表明语言的意义在于表达之后，后面还有一句：“意之所随者，不可以言传也。”显然，庄子意识到语言的有限，但因读者个体的差异带来的理解与阐释的无限。其实，“不可以言传也”部分，系作者在进行文本叙述时，其潜意识里赋予文本一种连作者也不甚明了的意蕴，有学者把这称为“潜文本”。如果说作品文本的内涵意蕴，是作者与读者共同创造的，那么，作品文本的外延意蕴，更多的是读者对作者“不可以言传”部分的建构意义。基于此，我们再进一步解读和阐释《看座》：小说表现了特定历史时期一个社会阶层对另一社会阶层的无情压迫，而另一社会阶层由于尚未达到阶级的觉醒，所以“汪福到死也不知道，他是怎么招惹大太太不高兴的”；昭示了这一极不合理的社会制度和社会存在，是需要被摧毁和改变的社会存在。这一作品文本与外延意蕴的发散，使作品的思想内涵极具张力。

二、微型小说精神意蕴的表现特征

黑格尔曾经说过：“意蕴总是比直接显现的形象更为深远的一种东西。艺术作品应该具有意蕴……它不只是用了某种线条、曲线、面、齿纹、石头浮雕、颜色、音调、文字乃至于其他媒介，就算尽了它的能事，而是要显现出一种内在的生气、情感、灵魂、风骨和精神，这就是我们所说的艺术作品的意蕴。”可见，意蕴是文学创作的较为高级的审美追求，它通过“象”与“意”的精炼与融洽、和谐与统一，建构起引人入胜的审美境界，产生令人回味无穷的艺术效果。

具体来讲，微型小说由于其“书不尽言，言不尽意”的文本追求，其文本所透露出的精神意蕴与其他体式小说既有相同相通之处，也有所不同，具体有以下几个方面的表现特征：

一是存在的隐秘性。由于意蕴潜藏于文本之中，人们需要透过文字表面的“象”，才能体味到内里的“意”。仿佛糖溶于水，不见其形，只余其味。这就需要读者根据自己的知识积累、文化修养以及人生际遇去感悟、体味，寻求其中之“味”。

二是表现的模糊性。由于作者之“意”是以“隐秀”的方式蕴藉、隐匿于文本之中，故其精神意蕴不是以清晰明了的形式呈现出来，在文本中表现为模糊朦胧的状态。这就造成了其意蕴的模糊性，需要读者拨云见日，透过作者的“言不尽意”，看见作者曲意表达的“文已尽而意有余”，进而完成自己对作品的理解、阐释和评价。

三是内涵的发散性。一般来说，“象”是一种客观存在，而“意”更多的是主观存在，在于读者的“读出效应”，即“你认为它是什么，它就是什么”。所以，内涵的发散性的典型表现为多读多解，就像鲁迅说世人读《红楼梦》一样，道学家看见淫，才子看见缠绵。各人其实是在相同的文章里看见不同的自己。多读多解不仅表现为不同的读者有不同的解读，还表现为即便同一个人，在不同的时空不同的心境之下，对同一作品文本也会有不同的解读。

文学创作尤其是微型小说特别强调“象外之象，景外之景，味外之旨”。而微型小说创作，通过作者留白跳跃、隐性叙述等艺术手法的运用，更强调读者的参与性与创造性，同时也因读者个体的差异而产生了无限可能，这也是微型小说相比其他体式小说更具魅力的地方之一。

三、微型小说精神意蕴的实现路径

微型小说精神意蕴的实现，是以作家丰厚的生活经历为基础，需要作家对生活有独到的观察、深切的体验。作家芦芙荭的微型小说《麦垛》，写一个城乡接合部的农民，在自家的麦垛上，听到一对来城里打工的青年男女幽会的情话。读完全文，既能感受到作者对于工业化大潮中，生冷的钢铁水泥对于乡土人情的侵蚀，也暗含作者对美好人性人情的颂扬。小说相对单纯的叙述、单一的场景，却蕴涵着作者对生活对社会敏锐的观察、深刻的思考、多维的表达。由此也才有了令人满目春色的韵味，回味无穷的甘美，以及久驻心头的温馨。从这一层面上来说，相较于作家的生活基础和写作技巧，作家的人文情怀和社会担当更为重要，也更可宝贵。

微型小说精神意蕴的实现，是以作家敏锐的思辨意识为基础，需要作者对所表现的主题——人以及人性的复杂具有清晰的认知。作家刘浪的微型小说《拼车》，讲述了一对男女邻居拼车的心路历程，意味深长地反映了微妙的人际交往，拼车人与车主从陌生到熟悉，又从熟悉复归陌生，这一系列的转折背后暴露出的是游走在友情与金钱之间复杂的人性。正如文艺理论学者、原《小说选刊》副主编李晓东所说："小说直面友谊关系和雇佣关系之间的矛盾，写出了经济利益介入之后人心的微妙变化，每一步都是合理的、理性的，却导致了二人都无益处的尴尬结局。"正因为作者对生活保持了敏锐的思辨能力，所以作品才避免了那种非黑即白、非此即彼的简单判断，既呈现了生活的复杂多变，又引而不发，令人深思。

微型小说精神意蕴的实现，是以作家深刻的思想为基础，把作家对社会的深刻认识，蕴藏在回味绵长、禅机思辨的典型创造中，使作品的表层故事情节与其内在社会逻辑充满张力。作家曾颖的微型小说《锁链》，通过市井人物观鸟的一个片段，以鸟喻人，发人深省，寓深刻的生活哲理于不动声色的故事中，情愿饥渴至死不敢起飞寻食的鸟儿，隐喻的是被社会惯性、心理惰性的锁链锁住心智的人。小说的结尾是这样的：

> 那天之后，鸟市上少了两个早起的人，一个是司法局副局长老吴，他终于辞掉抱怨已久的工作，当律师去了；另一个是久不升职的技术员小陈，据说是创业开公司去了。

甚至可以这样说，《锁链》的结尾，与汪曾祺《陈小手》的结尾有异曲同工之妙。《锁链》一文，如果没有结尾的神来之笔，只不过是讲了一个好玩的故事，但结尾突然从鸟到人的转折，使小说回归到作者“蓄谋已久”的社会层面，也因此前面铺陈已久的叙述才有了更为深刻的含义。人鸟互为衬托，交相辉映，从一个引人入胜故事叙述的小视角——对鸟的自然习性的玩味，跃升到耐人寻味的哲理蕴藉的社会大背景——对人在一定时期社会属性的隐喻、反思与批判。全文语言简明精练，立意发人深思，情节引人入胜，结局耐人寻味。

从崔莺莺的一首诗说起

——微型小说的隐性叙述

王实甫的《西厢记》中，崔莺莺写给张生的“待月西厢下，迎风户半开，隔墙花影动，疑是玉人来”一诗，其外显叙述似是吟风弄月的闲情偶寄，但张生却读出诗中约会之意的隐性叙述：

> 亲爱的，我们今晚11:00在花园的小亭子相会，商量我妈要你参加大唐公务员考试一事，不见不散。
>
> 又：出发前别忘记嚼口香糖哦。

一种叙述，隐藏着明暗两层意蕴，即可认为这一叙述内含隐性叙述。这一叙述方式，不仅无形中增加了作品的信息容量，而且增加了作品的内涵意蕴。

中国文学历来讲求“微情妙旨，寄之笔墨蹊径之外”。微型小说因为篇短制微，为了拓展其文本内涵，达到以小见大、以微见著的效果，其叙述更是每每弦外多音，语多言外之意。如此，则作品的叙述文本，只是水面冰山的山尖，作者真正想要读者意会的，是其水下巨大的山体。这种隐性叙述艺术手法，与留白艺术手法的运用一样，读者在展卷品读之余，更需要掩卷遐思，倾听作者隐含在文本之外的“弦外之音”，揣测作者流溢在故事之外的“言外之意”。这一艺术手法，大大增加了微型小说写作的表现形式，彰显了微型小说文体的艺术魅力。

一般来说，隐性叙述有以下几种方式。

一、隐性叙述的暗示指向在文本之内，仅是文本内人物之间的互动

文本之内的人物在相互的生活交往与信息沟通中，形成能够相互“解码”的符号系统。这就好比两个恋人之间的一举手一投足，在外人看来甚至了无意义的动作，对方即心有灵犀，知其意图。

像前文所举崔莺莺写给张生的诗一样，第十八届中国微型小说年度奖获奖作品《功夫》一文，也涉及文本之内人物之间的隐性叙述。在这篇以第一人称叙述的小说中，“我”下乡采访北台村党支部书记李兆祥，要求他“举例”说明妻子的支持时，李兆祥夫妇夫唱妇随，施展“功夫”，巧妙地安排了一次“情景体验”，上演了一场“温馨喜剧”：

> 他立在一户人家的大门口喊：“大嫂，大嫂，饭做好了吗？吃饭的赵干部来了。”
>
> 一位长得高高大大的老太太应声走了出来。她约有50多岁年纪，脸面和善，衣服整洁。她开口便批评李兆祥：“哎，你吆喝什么吆喝什么？怕人听不见吗？”

李兆祥很严肃："大嫂，咱们全村子就你没有礼貌！当着县委的老赵，你应该叫我李书记，还哎哎什么，咱不是已经说好了吗。饭做熟了么？"

女人把我们领进屋里时，桌子上放着一盘炒鸡蛋，一壶红枣烧酒，锅里正好要煮面条儿。

李兆祥笑了："好好好，好好好，难得大嫂这么大方，这么热情，这么舍得！俗话讲见一见，分一半，今天我就不回去了，我陪着老赵在你们家吃了！"

女人马上推辞："你呀，你还是回去吃饭好，要不会有人等着。"

李兆祥说："不怕不怕，她是傻老婆等汉子，等着也是白等着！"

读者看到这里，感觉就是一个村干部和普通百姓的人物对话。其实这就是李兆祥夫妇二人之间的"隐性叙述"，李兆祥告诉老伴要演好戏，这时候要扮演好普通百姓（因为还没到揭开谜底的时候），他的老伴也心领神会，配合演戏，装作和李兆祥不是一家人，要李兆祥回他自己家吃饭。

在这里，显性叙述是村干部和派饭群众的对话，其隐性叙述是夫妇二人诙谐逗趣。只有"我"不明就里。

暗示指向在文本之内的隐性叙述，从人物的形象塑造角度来看，使人物的内在性格与外在行动更具有张力，人物形象更丰满、鲜活、生动、形象；从文本的叙述意味角度来看，一种文本双重指向，无形中节省了微型小说宝贵的笔墨，增加了作品的信息含量和内涵意蕴。

二、隐性叙述的暗示指向在文本之外，其隐性的内涵需要读者以自己的阅读经验去“解码”

就像有些文学作品中描写到一对恋人热情似火的幽会时，作者突然话锋一转，“王顾左右而言他”，转而描述池中的戏水鸳鸯和荷塘的并蒂莲花。作者以动植物的爱情譬喻的显性叙述，引导读者展开想象去脑补男女幽会场景的隐性叙述，不致中断情节，继而较为“雅致”地完成了故事情节的推进。

除了文中部分情节的隐性叙述外，还有整篇文本以隐性叙述表现的。如广东作家吕柏青的微型小说《一个烧水壶和一屋蟑螂的遭遇》。小说叙述的视角聚焦于一个打翻的烧水壶，以及满屋四处逃散的蟑螂。这是作品外显叙述，其隐含于文本叙述的“弦外之音”似可解读为：两个底层打工男女的爱情，因各种原因，败给了一地鸡毛的生活。一个烧水壶和一屋蟑螂的遭遇，其实也是两个人的生活际遇。

这种平行于文本之外的另一种意蕴，揭示了隐性叙述的另外一种艺术魅力。

假如我们请武侠小说作家古龙先生以显性叙述去表现，大致会这样：

> 男人用电烧水器烧了一壶水。
>
> 他并没有看她。
>
> 他的画已经很长时间没卖出去一幅了，尽管饭都快要

吃不起了，房租也一再拖欠，但他仍不愿去找一份踏实的工作，他才不愿将就。

女人今天回来，看来也是来者不善。

先不管她，填饱肚子再说。

他不知从哪个角落里摸出一包泡面，把材料包撕开，像揪下对手的头颅那样轻松："你还是来了？"

"我来了。"语气冷冷的，淡淡的。她看上去还很年轻，穿着洁净的衣服，只是眼角已微微有了皱纹。

他们之间有太多的过往和纠缠需要了结。

泡好的泡面散发着香味。静，静得有些可怕。

"你要吃么？"他端起仅有的泡面，揭开上面的盖纸，一点点送到嘴边。

"是。"这岂非就是最好的回答。

男人心中一凛，然后缓缓道："你真的要吃，决无更改？"

"决无更改。"这话在她心里已经徘徊很多遍了。

"你知道我只剩下这一碗泡面么？"

女人眼中闪过一丝惊讶，忽然就笑了，她分明看见桌上还有一包榨菜。

"那也要吃。"声音像从遥远的荒漠传来，没有一丝温度。

"若我不给你吃呢？"

女人淡淡道："不给我吃，你想让我告诉江湖上的人，说你今天穷得只吃泡面么？"

男人的脸色忽然改变，因为他已经嗅到一股淡淡的血腥气。

就在这时，桌子被女人一脚踢倒，水壶里滚烫的热水浇在男人的脚面上。男人疼得尖叫着把水壶扔出去，砸在那面画得乱七八糟的墙面上。

男人和女人扭打起来，像两只缠斗在一起的怪兽，嚎叫、怒骂声瞬间撑炸这间小小的出租屋。

就在这时，门在一声巨响之后，开了……

以上文字可以看作是平行于本文之外的画面，虽然小说的主旨和内涵大致相同，但文本形式却是完全不同，没有了隐性叙述的那种暗示信息。

暗示指向在文本之外的隐性叙述，由于其暗示指向主要是文本之外的读者，这就需要读者与作者建立起心有灵犀式的信息传递通道，需要作者在叙述中，通过隐喻、象征、暗示等修辞手法，并以显性叙述与隐性叙述之间的异质同构关系，建立起读者能够意会的“信息符码”，让读者明白其叙述不仅是文本自身，还有隐含在文本之中的别有所指，既要含而不露，又要信息通畅，让读者能够领会其“含沙射影”式的“指桑说槐”，这些都颇为考验作者的语言能力和叙述智慧。

三、隐性叙述的暗示指向兼顾文本内外，其隐性的内涵既需要文本之内的人物能够领会，“戏”方能演得下去，又需要文本之外的读者能够意会，“戏”方才精彩

上文提及《功夫》一文，至结尾时，李兆祥给“我”打

电话：

> 眼镜，作为记者，你的功夫还是不到家，该看破的事情看不破，这会儿明白了吗？

这既是说给文中的“我”听的，也是说给读者的，只有省悟了文中李兆祥说话的内在含义，前面的铺垫也才有了意味和趣味。

微型小说篇短制微，而隐性叙述因为需要读者调动自己的思维，去“解码”文字背后的信息，故而更能够给读者留下难以忘怀的印象，更能引起读者的深度思考，达到以极短的文字取得“意深旨远，韵味绵长”的艺术效果。

第二十届中国微型小说年度奖获奖作品《画蟋蟀》，写画匠以画蟋蟀闻名。有客商慕名求购，画匠拿出“一只趴在罐沿儿上半身蟋蟀的画”，画中的蟋蟀低头卷须，两眼无光，落荒而逃的样子。讲价 8 块大洋一只，但这幅画匠要价 4 块大洋，客商却要付 16 块大洋：

> 来人端详一会儿，问，这幅画多少钱？
>
> 四块大洋。画匠说。
>
> 哦！四块大洋是不是少了点？
>
> 不少，一只蟋蟀八块大洋，这是半只蟋蟀，当然是四块大洋。
>
> 来人看看画面，随后，在衣袋里掏出十六块大洋要递给画匠。
>
> 画匠先是一愣，而后一笑，把来人的手推了回去，

说，画半只蟋蟀就四块大洋，多一文不收。

来人走后，画匠老婆问他，人家多给你钱，为啥不要?

我给人家画了半只蟋蟀，怎么能多收钱呢，这是规矩。

他为啥又要给你十六块大洋啊? 画匠老婆又问。

画匠没有理会老婆问话，自言自语地说，我的画遇上行家啦。

这段叙述颇为耐人寻味，画家本人认为只是半只蟋蟀，所以只收 4 元，客商却看到，这虽然是一只仅露出半身的斗败的蟋蟀，却隐含地表现了罐中那只看不见的斗胜蟋蟀。这种颇具意味的隐性叙述，既是文本之内人物内在心理活动及外在肢体行动综合交集呈现，又隐含着文本之外的多重意蕴展示，因而拓展了作品的艺术想象空间，具有了语言叙述的多指多解的艺术魅力。

“隐性叙述”的概念来自文艺理论学者傅修延先生的叙事学理论，他认为，叙述中存在着复调现象，话中有意、弦外有音等是人们对这一现象的感性描述。其中隐含的叙述通过叙述内部的某种媒介发出另一种“声音”，即本文所说的隐性叙述。与微型小说写作留白艺术的运用一样，隐性叙述同样也突破了这一文体篇短制微的文本局限，给人以更为深远的想象空间与审美意趣。

美国文学批评家乔治·桑塔耶纳说，对于审美，只靠观察是不行的，必须有欣赏。基于此，我们也可以说，对于微型小说只靠阅读是不行的，必须有思考。微型小说的文体特征，决定了这种文体内容的“读出效应”，即读者在阅读时，须调动思维与作者一同创作，因而也更多地需要读者能够读出作者的隐性叙述。读懂了这种隐性叙述之后，则小说的叙述线索不再局限于文本表面的字义，其文本内涵在读者的心中骤然增加，也因此作品的文本具有了多重意蕴的奇妙效果。

时间与空间的言说境遇

——微型小说的叙述语境

“语境”这一概念最早是由波兰裔英国人类学家马林诺夫斯基在1923年提出的。他认为，语言和环境之间有着紧密的联系，语言的环境对于理解语言来说是必不可少的，进而提出只有在“文化语境”和“情景语境”中才能对一段话的意义做出评价。把这一研究运用到微型小说的叙述艺术中，我们可以从“语言性语境”和“非语言性语境”来解析微型小说的叙述艺术。

“语言性语境”即如古人所云“积字成句，积句成章，积章成篇”，也就是汪曾祺先生所说的“话与话之间的关系”；“非语言性语境”可以看成是由交际环境、角色关系和话题情境所构成的言语所处的场景。综合来说，上下文、时间、空间、情景、对象、话语前提等与语词使用有关的元素都是构成语境的因素。

小说是作家对现实世界的重铸，所以小说语言不仅是对现实世界的外在重现，也是对现实世界的精神重塑。加之作家个性表达的“私人叙事”，更是体现出文学作品语用的模糊性、多义性与隐秘性。因此，只有结合语言形式产生的时间、空间及其社会文化形态背景等因素构成的语境，我们才能理解作家叙述语言的实质。

微型小说的叙述艺术当然也遵从小说叙述的一般规律，但因其又有不同于其他体式小说的文体特征，故而又有自己的叙述特点。以下试从文本语境、社会语境和历史语境三个方面，就微型小说的叙述语境进行探讨。

一、文本语境关注的是语言审美，即叙述的文本内涵

文本语境要结合语言的上下文，跳出语言的本义来理解。微型小说在表述时，由于其“微言大义”“纸短情长”“言不尽意”等特点，故而我们在读微型小说时，有时会感觉语言与其本身的意义有所不同。如白龙涛的《赶戏》里，大财主任老爷有这样一段话：“这田茂——瘸了一条腿，花腰仍抖得如此利索，这么大的腰劲儿，不钻煤洞子岂不是亏了——”如果孤立地看这段话，似是任老爷称赞田茂体力好，对田茂照顾有加，给他谋一个好差使。但实际情况，却是田茂和任老爷五姨太的私情被发现，任老爷把原来做浴池管家的田茂赶去煤场做苦力，相当于带有羞辱性质的惩罚。所以说，语境不同，其语言意义大相径庭。要准确地理解语言的意义，就要结合叙述的上下文构成的语境来理解。离开了小说的具体情节，语言的含义会很抽象、很空泛。

文本语境还要结合叙述文本的“语言流”，跳出语言的现场情境，结合小说的故事情节来理解。上下文毕竟只是小说的

局部，“语言流”要求我们整体地去理解一篇小说。事实上，随着叙述语言的推进，小说的情节是往前发展的。读者在阅读时，会随着作者的“语言流”，不断地调整和修正自己的“情绪流”，以便与小说的“故事流”同步。如伍月凤的《卷发》有一段这样的情节：知青小王跟着刘师傅学理发，结果“教会徒弟，饿死师傅”，小王青出于蓝。因找他理发的人多，小王挣的工分比刘师傅还多。刘师傅的女儿小凤气不过，找来一张照片，让小王照着照片给她做一个同样的发型，并“恶狠狠地说，你给我做这个发型，做不出，哪儿凉快哪儿待着去”。看到这里，相信读者也会明白，小凤并不是说，如果小王做不出这个发型就乘凉去，而是让他滚开。但随着故事情节的发展，此后小凤不仅转变了对小王的看法，而且还对小王产生了好感。当她要小王剪掉自己的麻花辫，做一个只有小媳妇才做的卷发时，小王不解。小凤看着小王，说了句“真是一个傻瓜”。这里的“傻瓜”，又是语言本义了。不过，其内涵虽然是语言的本义，却又不是那种一般情况下说这句时的厌恶心理，而是情人之间那种嗔怪娇羞的心态。所以说，如果离开通过“语言流”对全篇的整体把握，一个简单的词语所蕴含的丰富内涵，也是难以准确全面体悟透彻的。

文本语境由于更多地关注语言本身的内部关系，所以它属于“语言性语境”。德国哲学家施莱尔马赫说：“在一段给定的文章中，每一个词的意义只有参照它与周围的词的共存关系才能确定。”一篇微型小说是一个整体，它虽然是由一句一句的叙述组合而成，但句子的意思并不是其中所有的词语词义的总和。这就需要读者结合作品的文本语境去理解，准确地把握和诠释作家的真实意图和作品的内涵意蕴。

二、社会语境关注的是空间审美，即叙述的社会背景

如果说文本语境聚焦于语言本身，即叙述的语句语篇，以及语句语篇所塑造的人物自身，那么，社会语境即是把目光投向更为广阔的空间背景，即叙述视野中的社会环境，以及这一社会环境所涉及的风土、风物、风俗、风景等。社会语境的视野已超越语言本身，作品整体的意义已不是它的各个段落意义的总和，更多地关注于作品文本的空间审美，即如何在一定的空间内表现人、塑造人，所以它属于“非语言性语境”。

以蔡楠的《行走在岸上的鱼》为例。如果我们越过作品文本质地的奇谲，从更为广阔的社会空间去审视，就会发现作品所蕴藏的更为深远的社会内涵：20 世纪 90 年代，我国加速对外开放，参与国际分工，承接产业转移，我国工业化的节奏如快马奔驰。由于工业化的快速发展，忽略了环境的承受能力，因而，环境问题越来越突出地成为社会问题。《行走在岸上的鱼》即是这一社会语境的空间叙事：作者表面上笔墨聚焦于一方水域，其意有所指的却是一定地理空间的社会环境，以及形成这一环境的成因。鱼离开水，异化为岸上行走物种的荒诞，写的是鱼，内涵却是人，是人的存在的物化与污化。

小说是关于时间和空间的叙述，其叙述所涉及的社会语境则是更多地聚焦空间审美，即把小说叙述放到一定的社会背景

中，去审视和打量作家笔墨所指涉的人与事。黄建国的《谁先看见村庄》，描写两个在城市谋生的女孩，在即将回到久别的村庄时，一连串颇具意味的语言和行为：对家乡的思念，怕亲人的误解，擦掉不合村庄时宜的妆容等，都显示出社会环境的巨大差距。20 世纪末期，我们的城市在现代化的征途上飞奔，而我们的乡村被现代化所遗忘和漠视。那些率先进城谋生的人们，既难以完全融入所向往的城市，心理上又难以割舍生养自己的乡土。他们在两个相去甚远的社会环境中生存和生活，又被两个相去甚远的社会语境所误解和不容。他们眷恋乡土和亲人，又不得不留在城市打拼；他们爱美丽，又不得不擦掉妆容……在两种社会语境的夹缝中生存的他们，处于一种颇为艰难的尴尬境地。二丫，以及不叫二丫的那个女孩，她们和“一大堆颜色鲜艳的包裹行李”，被“黑夜像汹涌的黑色淹没了她们”。她们和“颜色鲜艳”一样的存在，被“黑色”所淹没。这样一种极具视觉意识的叙述，使作者所营造的叙述空间通过巨大的反差形成空间审美，给人以油画般的视觉冲击和审美印象。

微型小说由于篇幅短小，一般从微观视角去塑造人物、表现生活。注重叙述的空间审美，能够使作品的内涵和外延超越作品文本本身，形成极大的意象张力和语言张力，使微型小说作品文本营造的虚构小世界与作者叙述影射的现实大社会产生关联，形成作品文本背后的更为广阔、深厚的社会图景。从另一角度来说，如果语言接收者不能够超越语言本身，从社会语境的宏大空间去理解作品，那接收的信息则仅仅局限于作品文本的小空间，而难以理解作品所处背景的大社会。这于作者创作时的审美诉求，以及我们阅读时的审美体验，都是不全面、不完满的。

三、历史语境关注的是时间审美，即叙述的历史纵深

随着时间的推进，语言会产生进化与变异，进化与变异的结果就是语言会与其本义产生“位移”。如“先生”一词，从最初的指称父兄，到时下对男性的普遍性尊称；“小姐”一词的含义，在当下的民间语义中，更是走向它的反面。一词一语如此，一章一篇亦如此。要透彻地理解、体悟一篇微型小说，就要结合叙述文本的历史语境，才能够真切地把握语言的内涵与外延，了解作品文本所要传达的真实意图，体悟语言的内在意蕴。历史语境所透视之处已超越作品文本，更多地关注于作品文本的时间审美，即在一定的时间内人的处境和表现，所以也属于“非语言性语境”。

王蒙的微型小说《刻舟求剑》，系《吕氏春秋》中的寓言《刻舟求剑》的故事新编。两相比较，微型小说《刻舟求剑》既有对原作的继承，更有新的生发演绎。它既反映了社会上造势炒作的谋名求利行为，又讽刺了那种不问结果、只求得利的趋利现象，同时还嘲弄了那些不辨真假、盲目跟风的拜物逐利心理。这是作家对一定时期社会心理的文学镜像。

既然微型小说《刻舟求剑》系《吕氏春秋》中寓言《刻舟求剑》的故事新编，那么，让我们上溯先秦考察吕氏《刻舟求

剑》的故事内涵和社会语境，对于我们更为深刻地理解和体悟王蒙的《刻舟求剑》也许不无裨益。在那个诸子百家百舸争流的时代，人们争相以言论学说影响世人，物质的匮乏似乎并不影响人们精神的高蹈。对比当下，物质条件的丰富似乎并不必然带来人们精神世界的丰厚。所以，爱因斯坦说："我绝对相信，在这个世界上，财富绝不能使人类进步。"数千年后，在完全不同的历史语境中，作家从典籍中重新拿出这个故事，通过重新演绎赋予它新的内涵。展读相隔数千年两个版本的同名篇目，对于世人对世事的习焉不察，体悟吕氏的匠心与王氏的苦心，不禁令人感叹再三。

微型小说一样把塑造人物、表现生活作为其创作主旨。历史语境隐含着一段时间意义之内的社会运行逻辑，也即人的行为逻辑。理解了历史语境，也就理解了作家叙述语言背后的逻辑。这一观点的要义在于，不论之于创作，还是之于阅读，重要的不在于逻辑的运转应该如此，而在于为什么如此！读汪曾祺的微型小说《陈小手》，相信大多数读者都会对团长的背后一枪感到愤怒和困惑，到底是多么冷血的人才会对救了其身家性命的恩人痛下杀手？但如果了解了千百年来封建男权主义对人们思想和观念的禁锢与侵蚀，也就明白了团长"委屈"背后的原因。

同样的道理，跳出作品文本小世界，把凌鼎年的微型小说《茶垢》放在历史语境的大背景中去审视，我们就会明白两代人对待茶垢的不同态度，其背后是改革开放时期传统文化与新潮思维的对峙与冲突，"两种力量的纠缠和较量，生动地揭示了当时的社会文化心理和时代表情，也使得作品的寓意多变，众说纷纭”（雪弟语）。

将微型小说中的人与事置于历史语境中，并不是说人在事件的发展进程中，完全居于从属地位，否认人的自主性。恰恰相反，“当天道不足以解释世事奇谲，道德逻辑并不总是事物发展的逻辑，奇遇和偶然也非事物发展的常态，那么，是什么决定一系列事件产生、发展和演变？曰：人物性格”。文艺理论学者王瑛的话较好地诠释了在一定历史语境下，文学作品中典型人物呈现的千差万别。是以《刻舟求剑》的同一江轮上，既有善于炒作的船长，也有装腔作势的贵客，还有跟风谋利的众人。人无法跳出时代环境而存在。但是，人也可以成为时代环境中独特的个体。人，既从属于历史，又创造历史。这是历史语境之下，微型小说的人物塑造，或者也可以说是我们理解历史语境之下文学人物的逻辑基础。

文本之内与文本之外

——微型小说的留白艺术

英国作家爱德华·摩根·福斯特在其名作《小说面面观》里有一段话：

> 人生的大事有五：出生、饮食、睡眠、爱情和死亡。小说家是否打算如实地将这些大事在小说中如实地呈现？或者准备用夸张、贬低或者忽视的手法，以表示小说人物的生活过程与你和我的生活过程并不一样呢？

显然，想要将小说人物的生活过程事无巨细地表现出来，即便是长篇小说，也难以做到。这就涉及小说叙述的取舍。因为篇短制微，微型小说的创作，尤其需要作者架构情节的能力。

微型小说，作为一种用最小的形态，集中最丰富的信息，呈现最生动的形象，表现最深刻的思想，释放最浓烈的情感，叙说最独特的生命体验，描述最令人难忘的生活场景的小说体式，特别讲求故事情节的有意空缺，语言表达的欲说还休，主题意旨的蕴藉多义。因为这样一种文本追求，故留白是其用得较多的一种艺术手法。

一、计白当黑：虚与实

“计白当黑”原为书法艺术的一个术语，语出清代书法大家邓石如。邓氏晚年在京口（今镇江）结识另一书法家、包拯二十九世孙包世臣，授之书艺，曰：“字面疏处可以走马，密处不使透风，常计白以当黑，奇趣乃出。”后包世臣把此收进自己的书法论著《艺舟双楫》里。

计白当黑，是指在进行书法艺术创作时，宜将字里行间的虚空（白）处，当作实画（黑）一样布置安排，虽无着墨，亦为整体布局谋篇中的一个重要组成部分。要求书家不但具有驾驭线条运动的能力，还须具备把握空间切割的辩证的眼力，利用空白与形状不同的黑色线条运动之间的辩证统一，取得虚实相生、知白守黑的妙用。所谓“肆力在实处”，“索趣乃在虚处”。在这种“实里求虚，虚中求实”的矛盾法则之中，使实的线条（黑）之美在虚（白）的映衬之下，得到尽可能的显现。在这单纯的黑与白组成的世界之中，实现一个简约而又精深博大的审美艺术境界，使书法艺术的布局达到实与虚、显与隐、有限与无限的高度统一，使欣赏者得到美的再创造的想象，获得无穷之趣、不尽之意。

将“计白当黑”这一艺术法则运用到微型小说的创作中，其实是小说叙述的因实生虚，以虚补实，以虚实结合达到虚实相生，进而实现虚实和谐统一的艺术审美境界。其主要体现在两个层面：

一是体现在小说叙述语言的“所指”层面，即作者在文本叙述中的有意略写，以叙述情节的“空白”，引导读者展开想象实现小说叙述文本的重建。如美国作家马克·吐温的《丈夫支出账单中的一页》，文本内容仅是账单中七笔支出金额的条款，但读者在阅读中有意无意会通过想象补充其余内容。这些内容虽然是以“空白”的形式呈现，但其实作者却已划定了“边界”，相信不同读者补充的“内容”大同小异。还有一种作者没有划定“边界”的“空白”，如美国作家斯宾塞·郝斯特的《希望之星》，写一男子因某种机缘得到了英国王室的项链。但项链上镶嵌着的钻石“希望之星”，是被诅咒过的，谁拥有它，谁就会和厄运相伴。男子千方百计将项链送还，但项链一次次复归，直到该男子将项链丢向深达一英里的海底。就在男子以为终于摆脱厄运，向岸边游去时，突然发现项链在水面上向他“漂浮”过来，原来项链在下沉时惊醒了正在小憩的鲨鱼。接下来会发生什么呢？作者给了三种提示，但更多的“空白”留给读者去想象、去思考、去回味。在这里，作者叙述的部分似墨色的“实”，读者想象的部分似作者留白的“虚”。读者与作者共同完成了作品文本与意蕴的重构与再现。

二是体现在小说叙述语言的“能指”层面，即作者在文本叙述的建构中，力图以典型化的“虚构世界”，去镜像、重构作者所处的“现实世界”，并通过二者之间的转化实现文学意义上的审美张力。如微型小说作家李立泰的《菩萨》，既塑造了一个一心为公的劳模父亲形象，又塑造了一个菩萨心肠、认真负责的医生形象。这两个作者文本所表现的具有高度典型化高度概括性的可感可知的文学形象为“实”，读者所想象并认同的现实生活中真实存在的人物类型为“虚”。这也是叙事文学所共有的虚构与现实的辩证关系，即作家的叙述以存在于现实和历史的内在本质为基础，通过虚构的叙述完成了对现实和历史真实性的文学再现。所以亚里士多德说：“诗歌创作这种活动比历史叙述更富于哲学的意味，更应被严肃地对待，因为诗所描述的事带有普遍性，历史则叙述个别的事。”所以说，文学意义上的“真实”是通过“虚构”来实现，并超脱了具体的真实而于更高层面上抽化出更具概括性的普遍意义上的“真实”，即文学所追求的是事件本质上的真实。

微型小说叙述的因实生虚，以虚补实，是作者与读者共同创作的结果，既需要作者在建构文本时，如老子所言“知其白，守其黑”，也需要读者在阅读时，如邓氏所说“计白以当黑”，如此方能“奇趣乃出”，达到艺术创作与欣赏的完美融合与统一。

二、义生文外：隐与秀

“隐秀”一词，系南朝刘勰综合前人状景、为人、作文以及化用佛经翻译的文辞追求而来，其“情在词外曰隐，状溢目前曰秀”，语出南宋张戒的《岁寒堂诗话》。据说句意也是引用刘勰的《文心雕龙》句：“是以文之英蕤，有秀有隐。隐也者，文外之重旨者也；秀也者，篇中之独拔者也。”

首先说“隐”。刘勰强调“隐以复意为工”，他认为优秀的文学作品所包含的意蕴应该是多层性的，其文本叙述除语言本身所包含的一层意旨之外，还应具有更多令人回味与联想的言外之意。作者的精神追求和审美指向不应是浮于文辞表象的，而是隐藏在文字之中或文字之外深层次的意蕴表达。河川表面的斑斓多彩只是表象，河川之下要留有令人想象让人神往的珠玉。诗文中只有蕴藏着文字之外的意蕴才能“使酝藉者蓄隐而意愉”，否则诗文就会缺乏韵味，“故篇中乏隐，若宿儒之无学，或一叩而语穷”。

其次说“秀”。作文仅以叙述的“隐”指向表达的“重旨”“复意”还是不够的，还要有与之相应的精粹形式，所以刘勰还强调其表达外在的“秀”。他认为，“秀以卓绝为巧”，诗文既要有秀丽的文辞，又要有具体可感的优秀形象，尤其要以卓绝独拔之句惊艳阅者，其带来的是婉转、缥缈、柔美的审美效果。

再次说“隐秀”。需要注意的是，这里“隐”与“秀”虽然分开论述，但二者在文中的运用不是割裂开来的，“隐”要求内容含蓄蕴藉，“秀”要求文辞卓绝独拔，两个词合二为一构成“隐秀”，二者是一种既矛盾对立又相依相生的辩证关系。一如周汝昌先生所言，“隐秀”原“是专指一篇作品中既能隐又能秀，隐中有秀，秀中有隐，即隐即秀，相辅相成之义”。

刘勰提出诗文要“隐之为体，义生文外”，这是对文学特性的准确把握，也充分体现中国文学的特性。“隐”是文学区别于其他文类的重要特性，“隐”使文学有含蓄蕴藉、韵致隽永的审美特点。

回到微型小说这一文体，以“隐秀”论之，中国台湾作家陈启佑的《永远的蝴蝶》，有许多可观之处。其通篇没有惯常的情节起伏，也没有小说常见的人物描述，但读后却给人以萦绕在心、挥之不去的感触，何也？其“隐秀”得当也。作品中，“隐”的是具体亦可见之物事，如人物形象与故事情节等，从而给读者留下想象的空间；“秀”的是可感却无形之意绪，如凄冷的氛围与炽热的情感，最大限度地调动了读者的内在神思，从而使一篇五百余字的微型小说，产生不亚于鸿篇巨制的强烈的艺术感染力。

作家刘斌立的微型小说《时差》，也是“隐秀”运用得较为典型的范例。《时差》描述了蒙特利尔的夏祺与北京的女友，以及北京的安秋与蒙特利尔的男友，各自忍受着东西半球的时差，以及跨国相思的煎熬，为了美好的未来努力打拼的故事。及至夏祺与安秋历经艰辛，相逢于蒙特利尔机场时，却原来是各有所属、互不相识的两对。小说在“秀”出了夏祺、安秋与对方天各一方的相思之苦时，同时“隐”去了夏祺、安秋各有所属的另一方。及至结尾突然的“秀出”，就像夏与秋虽为相邻的两个时段，却分属不同的两个季节，寓意夏祺、安秋虽然命运相似，却原来互不相识，从而从更高的维度上，“秀”出了一代人面对艰辛生活的坚韧。《时差》的“隐入”与“秀出”，可谓“秀”得妥帖，“隐”得巧妙。

挑水的僧人行进在陡峭的山林小径，是对《深山藏古寺》的最好写照；踏花归来马蹄香，飞舞的蜂蝶萦绕在骑马少女的身边，是对《明媚春光》的最好描绘。“隐秀”之道，义生文外，辞约旨丰，一个“情在词外”，一个“状溢目前”，一个有着含蓄的意境，一个有着鲜明的形象。看似矛盾的悖论，实则相反相成，辩证统一。

“实际上，我们可以说，说故事的关键不在于信息的披露，而在于隐藏。”在谈到文学叙述时，英国文化学者彼得·巴里如是说。中外学者对文学叙述“隐”与“秀”这一命题不约而同的关注，可谓殊途同归，值得玩味。

三、言不尽意：意与象

“言不尽意”在先秦即作为一种为文的观念，《周易》最早明确提出这一命题时，其义理更多地偏于占卜：

> 子曰：“书不尽言，言不尽意。”然则圣人之意，其不可见乎？
>
> 子曰：“圣人立象以尽意，设卦以尽情伪，系辞焉以尽其言，变而通之以尽利，鼓之舞之以尽神。”

《周易》认为，“言”不能完全清楚地表达“意”，即“言”不能表尽的“意”，却可以借助“象”充分地呈现出来。这里所说的“意”与“象”虽然更多是指占卜之意与卦象，但仍可以看作是意象理论的发端。

首次将“意象”合一，并运用到文学的审美范畴，还是南朝的刘勰。其文艺理论巨著《文心雕龙》有言：“独照之匠，窥意象而运斤。此盖驭文之首术，谋篇之大端。”把“意象”提升到了谋篇驭文的首要位置。他认为，为文者通过观照获得表象，表象再融入情和理，产生意象，最终达到心与物、意与象的契合和交融。

随着人们创作思维与审美理念的发展，“意象”也从最初的偏重于占卜，演变为诗文的创作手法与审美思维。其间，“情”的意蕴逐渐抽离、稀释，“意象”不仅仅停留于诗吟中以“象”表情，而是普适到各类文体中以“象”达意，其内涵也不断改变和增加。

唐人刘知几曾曰：“鸟兽以媲贤愚，草木以方男女”，意象的运用，言在此而意在彼，其与比、兴修辞手法和创作思维相互渗透，彼此融通，互为观照。“象”是客观的、具体的、实在的、单一的、微小的、有限的；而“意”则是主观的、抽象的、虚幻的、多义的、宏大的、趋于无限的。这一创作手法与审美思维，也是微型小说“以小见大”文体特征的理论依据和信仰所在。

“象”之“小”，与“意”之“大”，犹如烛光照微，从一点发散至无穷。运用到微型小说中，则可以简约的笔墨，发散出丰硕的意蕴。如作家谢志强的微型小说《珠子的舞蹈》一文，国王得到了两颗可以测出毒药的珠子。刚开始国王只是用它们来测试食物是否有毒。后来国王为了想要看珠子跳舞，又有意把珠子放入有毒的食物中。不仅如此，国王还因珠子而忽略和疏远了身边的侍从和宫女，荒废了政务。及至被国王用来作为激发性欲的工具，珠子的作用已完全走向了它的反面。最终因国王的种种荒唐行径，珠子改变了它的本性，国王也因之而亡。

《珠子的舞蹈》一文中，“珠子”这一物象的作用与意义，从人的“心为物役”，到物的“物为心异”，其中蕴含着令人深思的意蕴。作者把待人接物、治国理政乃至为人修身的多种哲理性与宏观性思考，蕴藉到一颗珠子上。作品的文本叙述虽然以一颗单纯的“珠子”为“象”，但其所蕴含的“意”却引人无限遐思，多解多义。

微型小说之所以能够达到“意在言外”的审美效果，还在于作者表达时有意识地“言不尽意”，从而给人以象外之象、景外之景、韵外之致、味外之旨的审美感触。

如作家邵宝健的微型小说《永远的门》，男女主人公，一个是未婚的单身汉，一个是未嫁的老姑娘，居室一墙之隔。人们的心里总是有意无意地期盼着两个单身男女之间发生点故事的。然而两人一直云淡风轻，维持着普通人的正常交往状态。及至男主人公猝然离世，人们在清理他的遗物时，却突然发现两人居所之间有一道“暗门”。但当人们去拉开这道门时，又发现是画上去的。联想到男主人公的画工职业，这道门更具有了不同寻常的含义。

在这篇作品里，现实的物象“门”与精神的意蕴“门”互为隐喻与象征，实在的“门”实现了对虚空的“门”的意蕴发散性投射，进而引导读者的思维去填充虚空的“门”的意蕴空白，从而把有限与无限较好地统一于一体，实现了作品主旨的蕴藉和升华。

“盖诗之所以为诗者，其神在象外，其象在言外，其言在意外。”明人彭辂此言虽然是辨诗之味，用以观照《永远的门》，似也颇为妥帖。

微型小说的留白艺术，不论是计白当黑的虚与实，还是义生文外的隐与秀，以及言不尽意的意与象，均是在两个相互对立又相互成立的矛盾统一中形成的。虚实似可以看作留白的基本形式，而隐秀与意象似可以理解为留白延伸生发的演绎变化形式，是另一种意义上的留白。运用留白艺术的作品文本，其中的“物”的内容不被说出，或以被遮蔽、掩藏的形式存在；“意”的内涵，则以潜在的、悬置的形态存在。这些潜伏的存在，需要读者越过文本表层，细细咀嚼、体味、理解甚至重新演绎，从而完成既关联于又有异于作品“物质文本”的个人“精神文本”的建构。

留白这一艺术理念的借用与阐释，不仅使微型小说这一文体的“以小见大”有了美学意义上的思维基础和理论依托，同时也从阅读意趣和审美意境上有了超越文本的开拓，给我们的阅读带来无限的想象空间。这一空间在作者与读者的心智互动中，颉颃相生，相互成全。西汉董仲舒曾云：“诗无达诂，易无达占，春秋无达辞”，基于此，我们也可以说，理解即阐释，不同的理解构成不同的阐释，意义的无限是因为阐释的无限。于是，一篇微型小说的有限文本，因为留白艺术的运用，也就在读者的理解与阐释中有了无限的可能。

关于叙述的经济学思维及其他

——微型小说的叙述美学

东汉许慎《说文解字》曾曰:“美,甘也,从羊,从大”,在人类相较自然处于弱势的古代,“羊在六畜,主给膳也”,羊的个头越大,对于人类的生存意义越大。对于美的认识,我们的先人首先从生存、从味觉的感官角度,来认识和定义美。巧合的是,在西方具有美感与美学之意的英文“Aesthetics”一词,源自希腊语,其原意为“察觉,感觉,感官”。可见,最初美与人的切身感受、与现实的功利目的是紧密联系的。但在社会的发展过程中,随着人类自身的强大和精神层面的丰富,美从一种切身感受演变为一种精神观念,甚至成为超功利的纯粹的精神活动。

人类对于美的感悟和创造,其演进有一个从功利到精神、从自然到社会、从接收到创造的渐进过程。相对于自然美的天然存在,艺术美作为人类审美创造的反映,是艺术家创造性劳动的产物。黑格尔在其名著《美学》中,曾论及艺术美与自然美的关系:“不过我们可以肯定地说,艺术美高于自然。因为艺术美是由心灵产生和再生的美。”具体到文学创作上,我们以为,文学艺术之美,是以语言文字为主要工具,以创作者的内心精神世界对外部物理世界的重塑为主要手段，包含或体现创作者对其认可的精神世界的感性追寻和诗意投射，能够引起人们特定情感反映的具体形象。而微型小说相较于其他体式小说，具有“更高，更强烈，更有集中性，更典型，更理想”的特点。因而，微型小说的叙述美学，既与其他体式小说有相同之处，也有其独特之处。

以下试从存在形态的经济性、文本意蕴的发散性、审美实现的交互性三个层面，考察、探讨微型小说叙述艺术的美学特征，祈能起到抛砖引玉的作用。

一、存在形态的经济性：微型小说叙述美学的外在表征

清代袁枚曾写过一首题为《苔》的小诗：

白日不到处，青春恰自来。
苔花如米小，也学牡丹开。

有人曾以此譬喻微型小说在小说这一文体中的态势和格局。但笔者感觉，这一说法有一扬一抑之嫌，似乎是说微型小说弱于其他文体，属于追随模仿者。

其实不然。牡丹也好，苔米也罢，世上万物各有其独特的美，正如费孝通先生所言：“各美其美，美人之美，美美与共，天下大同。”从来文章好坏，无关乎长短。一句锦言，胜过空话连篇。微型小说作为一种独立的文体，其存在形态的经济性，恰是其美学的外在表征。

（一）外观形态的微型与小巧

西晋郭象在《庄子注·逍遥游》中曾有一段话论及小大之殊："夫小大虽殊，而放于自得之场，则物任其性，事称其能，各当其分。"郭象认为事物虽有小大的分别，但放任他于自得的场所，就能任物之性，事事应对其所能，各自担当其本分。同样，微型小说之小也非刻意为之，而是其文体特征和文体要求使然。

一般而言，微型小说的外观形态的"微型"，是其最主要的外在表征。业界曾有其"形体"的量化探讨与争论，大体认为1 500字为宜，一般不超过3 000字。关于微型小说的文体特征，虽然大家表述各异，但其内涵大体如是，即叙述语言的精炼性，大道至简，信道必简，"纸短情长，言不尽意"，追求向外发散、向内蕴涵的象外之意；故事情节的单一性，多以生活中发生的单一事件构成其"文学叙述"，"单纯不但极经济，而且最美"（熊佛西语）；人物形象的鲜明性，不纠缠于表现人物形象的丰满圆润，而是通过鲜明生动的人物形象，服务于作品立意的表现和通达；意蕴内涵的多重性，注重作品文本透露出的内在的气质、情感和风骨，以文本意蕴的多重和发散，建构起引人入胜的审美境界，产生令人回味无穷的艺术效果。

综上可见，微型小说外观形态的微型与小巧，并不影响其文本内在的表达和表现，即其形体虽小，不影响其美学呈现的小而雅、小而美、小而精、小而巧。陈启佑的《永远的蝴蝶》、修祥明的《小站歌声》皆以500字左右的篇幅，取得不亚于鸿篇巨制的阅读审美感触。

（二）叙述表达的留白与省略

唐代刘知几曾赞《春秋》曰："加一字太详，减一字太略。"此说虽有溢美之嫌，却从另一方面说明《春秋》惜墨如金，用笔谨慎，对文辞加工提炼之考究。事实上，《春秋》的辞约义隐、精腴减奥、暗藏褒贬的"春秋笔法"，一直为历代文人所称颂和临书，成为无数史学家和文学家共同习演的典范。

当下的微型小说作家，当然不再有著述物质载体匮乏之虞，其"私人叙事"的精神自由度也远非昔时可比，但其幽微婉转、曲笔省略、留白不述的文体内在神韵和精神气势，却是如薪传火，一脉相承。

作家留白与省略手法的运用，给读者以更多的想象空间，读者的想象与作者的曲隐互为补充，天然融合，从而在读者的心目中形成审美再创造的艺术效果。作家阿成的微型小说《田小小》写女教师田小小和作品中阿成的四哥跳舞搞对象，但阿成知道四哥人有点"痞"，脾气也不好。阿成不想美丽温柔的田小小老师和四哥搞成对象，就对二人分别编派了对方搞对象的假话，拆散了两人。虽然小说的故事情节较简单，读起来却兴味盎然。小说既没有阿成的心理描写，也没有惯常的步步推进的情节进展，但阿成的善良与聪明却跃然纸上，给读者留下深刻的印象。

小说的文学叙述由事件与事件的关联构成，这一系列具有因果关系的事件构成故事。按照文化学者傅修延先生的观点，推动小说文学叙述发展的是"故事动力"。作家在"故事动力"尚未完全消失甚至动力强劲的时候强行中止叙述，即构成文学叙述的省略。作家刘国芳的微型小说《你是那个给我树苗的人吗》，写货车司机与纯朴村妇因相互之间微小善举的涓细之流，终成泽被一方的洪润奔涌。多年以后，货车司机又一次来到当年经过的地方，相似的开头，又会演绎出一个什么样的故事呢？至此，小说后面的文本叙述被作者省略了，但由于推动情节发展的“故事动力”仍然存在，故而读者的审美创造仍在运行，从而形成作品的开放式结局，增加了读者审美创造的多读多解。读者审美创造的斑斓多姿，又反过来增加了作品文本的艺术魅力。这也是微型小说存在形态的经济性所带来的审美效应。

留白与省略，看似不叙，实则“不叙之叙”，其叙述的内容流溢在文本之外、内涵蕴藉在文本之中，形成独特的辞约义隐、文约意丰的东方含蓄美。

（三）文本追求的简约与凝练

艺术创造有时要以最少的材质表现最丰富的内容。中国戏曲常用一桌二椅的简单道具代表复杂多变的世界。一桌二椅既可作为不同场合的桌椅，又可代表宫廷禁院、军帐将台、庵观寺庙，甚至城池楼阁、高山广川。用时可多可少，可分可合，视演出需要而定。总之，凡人物所在的客观环境均可以一桌二椅代之。

一桌二椅为戏曲人物载歌载舞的表演提供了最大限度的表演区，把演员表演的“真”与所在场景的“假”完美融合，从而使观众的艺术想象与现场的声色渲染互为表里。同时，一桌二椅的道具模式，也简化了布景，让观众把注意力更多地集中在关注演员表演和戏曲内涵上。

微型小说简约与凝练的艺术手法，与戏曲的一桌二椅有异曲同工之妙。其文学叙述，较少有繁复的描写，着意把宝贵的笔墨留给推进情节发展的故事——人物因动机律和因果律而导致的行动，并以此完成人物塑造。著名作家鲍尔吉·原野的微型小说《还包记》，以近似白描的手法叙述喇嘛多吉次仁托请作者捎还游客遗忘在寺庙的包的故事。全文以朴实的语言描述了多吉次仁托付我还包的几句对话，以及失主拿回包时和我的几句对话，结尾仅以一句“他住在海螺沟公路边上一个寺庙里，连寺名都没有”收笔。其行文的简约与凝练可谓字字珠玑，未有任何冗词赘句。读罢，故事主人公多吉次仁善良朴实的人物形象与作品不事雕琢的质朴行文风格互为衬托，交相辉映，令人咀嚼再三，回味无穷，真正做到了如鲁迅先生所言“有真意，去粉饰，少做作，勿卖弄”。

当然，作为微型小说叙述美学的外在表征，其存在形态的经济性是与其审美内容彼此渗透、相辅相成、相互依存、互为表里的。外在形态的经济性是为了适应内容表达的审美需要，内容表达的精练、含蓄与浓缩造就了其存在形态的经济性，二者是辩证统一的关系。

二、文本意蕴的发散性：微型小说叙述美学的内在特质

一般来讲，作为个人叙述甚至是私人叙述的文学，作家个

人的经验或生活，在经历了作家提炼和概括的典型化处理之后，总是集合了一群人、一代人甚至一个民族的经验或生活。其个人叙述必然暗含着集体记忆。舍此，难以称得上是有价值的文学叙述。

小说当然也不例外。微型小说因为篇短制微，其以小见大的文体特征，有限的形体要包蕴尽可能多的内涵，故而在叙述美学上具有文本意蕴的发散性的内在特质。

（一）作品内涵的文本超越

近代著名学者王国维曾把散文、近体诗、小令列为易学难工的文体。其实微型小说同样如此。微型小说的“易学难工”，易在篇幅短小，难在词意俱工。词意俱工的写作要求，不仅要求作家具备高超的语言功力、扎实的生活基础，更要求作家拥有丰厚深邃的精神内在。如此，其笔下的语言才能超越文本，进而达到古人所说的“象外之象、景外之景、韵外之致、味外之旨”。

众所周知，在中国的传统史著叙述中，著者的叙述是早已存在的事实，叙述的文本意义没有超出它本身。即便如《春秋》者，也只能是在其原本意义的基础上进行消解，而不可能做严格意义上的生发与建构。但是，自从虚构被引入叙述之后，在中国则是自《庄子》肇始，叙述的意义超越了叙述文本自身，叙述不再是一种“呈现”。这一点，在微型小说这一文体上体现得尤为明显，其叙述的内涵意蕴与叙述文本之间的张力，会因作者笔墨的刻意曲隐与读者想象的再次赋予而被重新建构，叙述不再是叙述文本自身。谁也不会认为，白小易的微型小说《客厅里的爆炸》，仅仅讲述了客厅里暖瓶爆炸这么一个简单的故事，而是反映着更为深刻、难以言说的人物心理与微妙、复杂的人际关系。

从微型小说写作的发展趋势看，现代微型小说的文学叙述，渴望在故事情节的刻意营构、人物形象的鲜明凸显之外，以内涵意蕴的丰厚深邃，赋予作品令人沉醉的精神体验，进而达到对传统写作的超越与反叛，从而重新建构微型小说文学叙述的审美体验，完成作品内涵的文本超越。

（二）作家叙述的有意潜伏

关于作家叙述的有意潜伏，笔者曾在另篇文章中谈及（参见本书中《从崔莺莺的一首诗说起——微型小说的隐性叙述》）。这种弦外之音、言外之意的叙述，其显性叙述与隐性叙述是平行的。作家的隐性意蕴潜伏在显性叙述之中。这样一种叙述潜伏，只要读者意识到作家的叙述意图，调动想象的翅膀，就能够达到作家叙述的潜伏之地。

关于叙述的有意潜伏，西方也有相似的理论及艺术实践。在西方心理学界、文学界广为流传的“冰山理论”即是其一，作家表达的，往往仅是水面上冰山的一小部分，作家更多的意蕴，则潜伏在水下，需要读者去领悟、去体味。法国艺术家罗丹也是运用这一艺术手法的高手，他往往只把人物最有表现力的体态雕塑出来，其他的则隐藏在大理石块中。

作家叙述的有意潜伏，还有另外一种较为隐秘的形式，即其叙述不在文本之中，而是在文本之外。或者说，作家真正想要读者意会的是其叙述的留白或省略部分，这种“不叙之叙”，不仅需要读者调动自己的想象力，而且还需要读者以自己的知识体系、人生历练去补充、去完善、去体味。

按照叙述学的理论，小说的文学叙述底层构造是事件。“事件由动作组成。动作需要消耗时间，因此事件和事件组成的故事中必须有时间的进程。”（傅修延语）但微型小说由于篇短制微，其动作描绘的时间进程受到很大的局限。优秀的微型小说作家，会在有限的时间进程中，尽可能使故事情节的发展能够引起读者关于事件前因后果的联想。这一点与其他艺术门类如雕塑、绘画颇有相通之处，即其叙述的意义不再局限于叙述本体，叙述不再限定于特定的时间、空间，不再被叙述的文本逻辑所限制。美国著名作家马克·吐温的《丈夫支出账单中的一页》，仅仅写了一个人的七笔支出，但读者意会到的，肯定不会是七笔支出费用，而是这七笔支出费用以外的故事。同样，法国作家哈巴特·霍利的《德军留下来的东西》，亦不是想要通过文本表现男女风月场景，而是通过这一场景衍射出深刻、巨大而持久的社会伤痛。

作家叙述的有意潜伏，除隐性叙述、留白、跳跃等写作技法的运用之外，还常常结合反讽、比喻等修辞手法的综合运用，从而使作品的表层文本与深层意蕴形成一种异质同构关系，进而通过读者的想象打破自身的局限，化为鲜活的形象，抵达作家叙述的核心诉求。至此，作家与读者“合谋”，完成了微型小说叙述的审美冒险。

（三）现实世界的精神重构

从中国叙事文体流变可知，在前小说时代，不论是以口语人声为主要传播途径的民间故事、神话传说，还是以竹木绵帛为主要载体的百家言说、“丛残小语”，其叙述中无不蕴含着叙述者浓厚的个人主观意绪。叙述者渴望通过其叙述输出，以达成教喻的功用。

《春秋》以降，由于著述者信奉“述而不作，信而好古”的叙述规则，以“写实”为主的史述模式受到尊崇；百余年后，《庄子》横空出世，其自觉的虚构意识开小说文体之先河。文人骚客开始通过其想象重构的精神世界进入文学叙述，并以此与现实世界对抗。由此，小说写作模式一路演绎，现实主义、浪漫主义、荒诞派、新感觉派、魔幻现实主义、新写实、非虚构，未已。

至 20 世纪 80 年代，微型小说自小说家族自立门户。相比于长中篇小说百科全书式的“社会镜像”，微型小说这一文体由于其存在形态的经济性，难以以“呈现”的形式表现生活，其更多的是通过世事的细枝末节来洞幽烛微。美国批评家 M. H. 艾布拉姆斯曾以“镜与灯”来譬喻呈现与再现两种写作模式。微型小说的写作追求大多属于后者，其叙述文本偏重于以自己的能量燃烧来照亮对象，以现实世界的精神重构表达个体的主观意愿。苏童的《老爱情》，写一对相爱了一辈子的夫妻在同一天去世。小说的叙述及故事虽然平实，却带有强烈的理想色彩，隐含着作者对坚硬现实的柔软重构。于德北的《杭州路 10 号》，则以一个颓废青年的奇特经历，完成一次心灵的洗礼。看似荒诞的事件，其实是以“事赝而理亦真”的故事，达成虽然表面不动声色但却内里动机强烈的教喻目的。

舍“镜”取“灯”的写作模式，追求以简练的文字传达开阔的心灵视野，是微型小说这一文体在其文本中追求以少胜多的叙述美学的主观意愿与客观需求。与此同时，作家则尽力隐藏自己而让虚构的生活浮出水面，其叙述的表面力求保持着与现实世界的相似性。至此，微型小说作家以对现实世界的精神重构，完成自己以文学叙述建构精神世界，并寓言现实世界的写作理想。

三、审美实现的交互性：微型小说叙述美学的逻辑自觉

唐代柳宗元在其散文《马退山茅亭记》中，提出过一个在美学领域颇受关注的见解：“美不自美，因人而彰。”其意为美并非自生，而是依托客观存在，同时又需要具有欣赏能力的人去发现；不同的人对同一种美，又有不同的感受。著名美学家宗白华也一再强调审美活动是人的心灵与世界的沟通，美乃是一种情景交融的“艺术境界”。他说：“美与美术的源泉是人类最深心灵与他的环境世界接触相感时的波动。”

两位大家的述说方式虽然不同，但其原理却颇为相近，即所有的美都离不开人欣赏的眼光，不存在那种外在于人的美，美离不开人的审美活动。

微型小说的审美同样遵循以上规律，不论创作者还是欣赏者，当沉浸到作品中去时，审美者与其客体已处于一种情景交

融的境界，这一境界是物我不分、合为一体的，类似于禅宗所说的“心物不二”。这种情景交融的境界源于微型小说审美实现的交互性，这一过程不是被动地观看，而是主动地欣赏；不是被动地“呈现”，而是主动地“显现”；不是被动地接受，而是主动的融入。因而，微型小说叙述的审美自觉，是作者与读者通过文本这一介质实现精神层面的交融互动，并在可读性、可感性、可塑性三个层面依次递进。

如果说，可读性着意故事叙述的“不叙之叙”，不同的读者会停留在不同的欣赏层次，就像看戏，所谓“外行看热闹，内行看门道”，不论“热闹”，还是“门道”，均有可看之处；可感性注重文本意蕴的“不叙之叙”，读者须与文本叙述“物我一体”，沉浸其中，就像演戏，“物我”共同完成文本意蕴的传达与表现；可塑性追求文本与意蕴的“重构效应”，就像编戏，即不论是创作者、欣赏者还是作品文本，均追求超越文本的审美效应，创作者通过意义的隐性传达，文本通过“不叙之叙”，欣赏者通过想象神思，共同完成这一审美过程的意义重构。

（一）可读性，着意作品的读出效应

著名作家王蒙在谈到《红楼梦》第十九回里宝黛二人“意绵绵静日玉生香”一节，宝玉以小耗子变作标致美貌的一位小姐的故事逗弄黛玉；以及第六十三回“寿怡红群芳开夜宴”一节，众美们与宝玉一起喝酒行乐的场景时，感叹道：“这是一个千金难买、永不再现的、永远生动的瞬间，这是永恒与瞬间

的统一，这是艺术魅力的一个组成部分。”从笔者的角度看，王蒙先生之所以有此感叹，就在于这两个瞬间把生活中最令人愉悦的部分呈现给读者，因而是最令人回味和最有价值的。这两个单一事件单纯场景的叙述章节，也可以当作微型小说来读，最经济的形态中蕴含最丰厚的内涵，所以其作品文本也能给读者以最强烈的审美印象。

因而，微型小说的写作追求，就是用最小的形态，集中最丰富的信息，呈现最生动的形象，表现最深刻的思想，释放最浓烈的情感，叙说最独特的生命体验，描述最令人难忘的生活场景。这一写作追求决定了微型小说这一文体不仅注重题材的选择和加工，更讲究叙述的策略，讲究如前文所说的“不叙之叙”。如作家万芊的《雾魇》，这篇少有人关注的微型小说，从三个顽童的恶作剧写起，一步步揭开被“雾魇”遮蔽的生活真相，层层递进式将情节推向高潮。三个顽童的谎言和恶作剧害死了别人，毁掉了自己，当然也显示了罪恶的因果。人性的善与恶、社会的冷与暖，两千字的作品文本隐含着丰厚而沉重的生活内涵。读者在阅读时，需要透过表层叙述去猜测、推理、解谜、想象作家背后的“不叙之叙”，并将作家的“不叙之叙”形象化，进而转换成虚构世界的运行逻辑。因此，读者在欣赏这篇微型小说作品文本时，需要发挥自己二次创作的想象力，沉浸其中、参与其中，以自己的理解建构与作品文本平行的艺术世界。微型小说作品文本的这一“读出效应”，使读者的神思与文本中的审美形象合二为一，并在艺术形象的世界中抵达直观自我的审美愉悦。

（二）可感性，注重语言的叙述张力

美学家叶朗先生认为，人类的审美过程不是“主客二分”的理性认识，而是人与世界交融一体的感性体验。微型小说尤其如此，它不像长中篇小说偏重于“呈现”，而更多地偏重于“显现”，其审美体验更多地在于“物我一体”，以想象去敞亮、澄明隐蔽于实在形象和虚在意象中的内涵和意蕴。也就是说，微型小说更多地需要读者去实现对作品文本内涵和意蕴的“发现”。所以，需要读者“钻”进作品中去，与作品中的人物合二为一，进入文本叙述建构的精神世界，进而融入其所设定的意象中去。

史铁生的《秋天的怀念》，因为其写实性，也有人把这篇作品当作散文来读。在提倡文体创新的今天，这篇以叙事为主的作品文本，似乎模糊了文体之间泾渭分明的界限。这不在本文探讨之中，不赘。

小说虽然故事情节很简单，但其景其情、其言其行，一个感人至深的母亲形象跃然纸上。作者着意选取生活中的这一难忘场景，前可回溯因作者患病行动不便导致母子二人生活的艰辛；后可想象因母亲去世后作者人生的痛苦。这篇小说，虽然语言质朴平实，但却充满想象的空间和叙述的张力，作品的内涵不再局限于文本叙述的时间和空间，而具有了更为阔大辽远的社会意义；其情感意蕴也不再停留于语言本身，从而具有了更为深邃幽微的人生哲理。使我们对亲人之间那种至真至纯的关怀与爱，有了更为真切的感受；使我们对生而为人在这个世界上所面对的种种磨难，有了更为深痛的认识。

微型小说叙述对于特定人物在特定时间、空间意义的讲求，有点类似于美术作品。德国美术家凯绥·珂勒惠支的版画《磨镰刀》与我国美术家罗立中的油画《父亲》，读之，艺术家似要溢出画框的人文情怀，不能不引起人们灵魂战栗般的审美感受，其所反映的深刻的思想内涵与外延已经无法用语言清晰地表述，其审美意象已达到如王夫之所说“情不虚情，情皆可景，景非虚景，景总含情”的美学境界。

不仅通过作品感受到了“人”在特定时间和空间的状态，而且对特定的时间和空间产生了不再局限于作品本体的认识和联想，这是微型小说所具有的与美术作品同样的“叙述张力”。作者的“不叙之叙”是以“遮蔽”的形式出现，故而需要读者将自己代入其中，以自己与作家的精神融汇互动，去敞亮、澄明文本之外的“叙述”。这一过程从想象出发，又在想象中得到落实。微型小说作品文本的这一“融入效应”，需要作品文本具有强烈的审美感染力，方能使读者的神思与文本中的审美形象合二为一，并在艺术形象的世界中抵达确证自我的审美愉悦。

（三）可塑性，强调意蕴的审美愉悦

人其实一直都生活在理想与现实的对抗中，文学的意义就是对人存在的理想状态的形象呈现。因而可以说，文学是人与现实对抗的一种工具。现实中期望得到的、无法实现的，就在虚拟中建构。人在将自身虚拟于想象的艺术的理想世界时，获得自我实现的审美愉悦。

微型小说由于其较多存在“不叙之叙”，作家的意图不仅体现在其语言的本意，而且更多地体现在其语言的赋意、衍意上，所以能够给读者比其他体式小说更多的自我实现的艺术想象空间。换句话说，微型小说有更大的可塑性，让读者去参与审美创造和审美实现。

如斯里兰卡作家希万迪·拉那辛哈的微型小说《漂亮的女佣》，其表层的叙述相当简约单纯：女佣三次怀孕、生育，均被罗伯特夫妇收养，最后，女佣坚决要求辞职。这是一篇曾引起争议的作品：认为女佣怀孕跟罗伯特有关，是罗伯特夫妇的生育机器者有之；认为女佣与情人通奸，生育孩子被主人收养而不知感恩者有之……大家从各自的角度去阐述、解读，各有其情，各有其理。微型小说作家谢志强一语中的，他认为，要解开这篇小说表层叙述下面的谜团，必须回答两个问题：谁是孩子的父亲？女佣为何执意辞职？但他又认为应当警惕过度阐释，欣赏者必须像尊重人物那样尊重文本，先从文本内部出发，方能越过呈现在水面的泡沫，感受到涌动的潜流。

笔者认为，《漂亮的女佣》的解读纷争与作家背景的缺乏或者翻译过程的变形也许不无关系。但是，即便国内不存在以上情况的作家作品，也会有阅读与理解的多解多义，如作家莫言的《奇遇》里，“我”遇到的三大爷是真是幻、作何解释？作家邵宝健的《永远的门》里，画在墙上的一扇门是谁所画、意欲何为？

当然，并不是说这类微型小说作品不可诠释，即便像《漂亮的女佣》这篇不足千字的微型小说以一种不言自明，或者说朦胧混沌的状态呈现在读者面前，也还是可以做出合乎生活情理和逻辑走向的解读的。是人性开出恶之花还是人情结出善之果？作者之所以没有给出明确的交代，就是想要激发起读者的审美创造。这也是微型小说叙述张力所特有的可塑性带给读者的审美感触：读者以自己的想象参与作品的再度创作，以自己的生活经验和生活阅历，生成一个与现实保持一定距离但又产生一定联系的理想世界，从而产生创造性的审美愉悦。

简单就是终极的复杂，微型小说看似情节简单、叙述简约，但却内涵丰富，意蕴深远，因读者对隐藏在文本之内或文本之外的"不叙之叙"的个性化补充，会产生从情节到意义层面的理解分歧，从而产生一种"文本重构"的审美效果。微型小说作品文本的这一"重构效应"，使读者的神思与文本中的审美形象合二为一，并在艺术形象的世界中抵达实现自我的审美愉悦。

总之，就叙述美学而言，不论其存在形态，还是审美感受，其他体式小说更多地属于"审美呈现"和"体力劳动"，微型小说则更多地属于"审美发现"与"智力游戏"。微型小说在其反映途径和表现手段层面，则较多地依靠技术手段，这不仅表现在与意义的传达有关的奇妙构思上，更表现在独特创意上；不仅表现在与意蕴内涵有关的语言叙述上，更表现在其"不叙之叙"上；不仅表现在与人物塑造有关的故事讲述上，更表现在其叙事的逻辑递进与转折上。这些都是成为优秀的微型小说作家所必须掌握的"基本手艺"。所以，相较其他体式小说而言，微型小说呈现出强烈的“技术美”。技术的基础性，不仅体现在技术是一篇优秀微型小说作品文本形成的先决条件，而且体现在技术是构成一篇优秀微型小说作品文本的直接成因。没有与之相应的技术，就不会有优秀的作品。这与书法需要运笔的技巧、钢琴需要指法的灵活、戏剧需要手眼身法及唱功的配合是一样的道理。本文前述微型小说的“易学难工”也体现于此。

微型小说叙述艺术的特点，不仅对叙述者本身提出挑战，而且对欣赏者也提出相应的要求，欣赏过程的“读出效应”“融入效应”“重构效应”所能达到的“阈值”，不仅在于作品文本，而且还在于欣赏者。这并不是说一般的读者难以欣赏微型小说这一文体，而是说不同层面的读者会读出不同的内涵，感触到不同的意蕴。微型小说审美艺术这种类似物理学中非牛顿流体“遇弱则弱，遇强则强”的特性，无形中贴合了欣赏者的想象空间，匹配了欣赏者的审美心智，带给人以与其心智相称的审美愉悦。

微型小说的叙述艺术，特别强调无形的意象对有形叙述的想象超越，其留白跳跃、计白当黑、以虚补实的叙述技巧，以及以小见大、言不尽意、义生文外的意义蕴藉等，共同构成了微型小说的“不叙之叙”，其实体的“物”对想象的“意”的衬托、蕴藉与建构，不仅特别符合中国文学一路流传下来的叙述意象美学，而且是对中国传统叙述诗学新的探索、新的演绎与新的发展。

从形而下的“合法化”到形而上的“正当性”

——微型小说的叙述哲学

纵观中国文学发展史，文体的兴废与社会语境息息相关，其演变既要适应社会发展的需要，又要符合统治阶级的需求。对于文体种类的分别，标准不一。三国时期，曹丕在《典论·论文》中将文体分成奏议、书论、铭诔、诗赋四科；两晋时期，陆机的《文赋》则将文体分为诗、赋、碑、诔、铭、箴、颂、论、奏、说十类；南北朝时期，刘勰的《文心雕龙》提及的文体则多达三十五种；比《文心雕龙》稍晚成书的《昭明文选》，更是仅诗歌就分为二十三类。

就小说这一文体，唐代史学名家刘知几就曾分为偏记、小录、逸事等十类。虽然刘氏的小说文类为偏于史著的拾遗补阙，与现在偏于虚构的小说概念并不相同。

过于细致繁复的文种文类文体之分别，一则没有必要，二则像一个个条条框框，阻碍了具体文本的发挥，不利于文体的发展。所以，1935 年出版的《中国新文学大系（1917—1927）》，化繁为简，确定了文类四分法，即文体大类为诗歌、散文、戏剧、小说四种。这一分类，虽然也有人诟病斩断了时间线索上的文脉源流，取消了文学经验的多样性，但确实给作家创作以极大的自由发挥空间，总体于创作是有益有利的。

至此，小说从民间的“丛残小语”，被“招安”为官方文学殿堂的“座上常客”。

20世纪90年代，信息化大潮涌动，时代需要符合技术传播规律、适应互联网商业逻辑、满足人们阅读需求的内容产品。微型小说因势而动，从文本创作、文论研究、文体活动到传播媒体、受众群体、组织团体等星火燎原，漫卷琼林。及至目下，满足读者快餐式、移动端、碎片化阅读需求的微型小说逐渐成为文学受众耳熟能详的文体，成为大众展卷常阅、开屏常读的文本。

一种文体的出现，并不具有天然的“正当性”，而是有一个动态演化的过程。微型小说文体自“出生”起，就颇受争议。从其运行的内在机理到其投射的外在显现，时不时被从小说家族里拎出来敲打、质询、贬责，就像一棵幼苗，因枝瘦叶疏，常被质疑能否长成参天大树。

作为一种相对年轻的文体，这种“成长的阵痛”是必须也必然经历的过程。它提醒我们，微型小说从形而下的“合法化”到形而上的“正当性”，并不是一个自然而然的过程，符合社会发展的需要，其文体才能为受众所接纳。其间，既需要作品的文本奠基，更需要理论的逻辑支撑，尤其需要从哲学意义上的底层逻辑梳理与建构，方能枝繁叶茂，茁壮成长。

一、微型小说的“杜拉克之问”

康德在其著名的三大哲学批判中，提出并阐释了三个问题，即人可以知道什么，应该做什么，可以希望什么。这三个问题，指向的其实是一个问题，即对人的终极关怀。将康德的终极关怀化用到微型小说上，或许我们可以如此自问：微型小说要表现什么，应该做什么，可以达到什么目的？

相对于康德对人的终极关怀的宏大命题，其宏阔与深奥一时难以企及。或许，我们可以借用管理大师彼得·杜拉克的自我管理之问，就微型小说这一文体叙述艺术的具体哲学命题，做更有针对性的追问：

我是谁，什么是我的优势，我与他者的不同是什么？

我在哪里诉说，对谁诉说，哪里最适合我？

我应该做什么，如何做？

我承担什么，会有什么贡献？

我的近期目标和远期目的是什么？

这些，是微型小说叙述艺术不容忽视的核心问题，也是微型小说文体理论体系建构的逻辑起点和理论前提，更是微型小说走向成熟文体无法回避的问题。

（一）我是谁，什么是我的优势，我与他者的不同是什么？

孔子在《论语·子路》中有言：“名不正，则言不顺；言不顺，则事不成。”微型小说之名，可谓纷繁，微型小说、微篇小说、小小说等，不胜枚举。曾有学者专文论及，未有定论。

其实，一个文体名称的背后，不是一句称谓那么简单，除约定俗成的强大力量外，还涉及复杂的社会系统。时至今日，对这一文体，虽然大家各称其名，但又灵犀互通，心照不宣。

所以微型小说之“我是谁”，看似名不统一，实则顺其自然，自然而然。诚如《荀子·正名》所言：“名无固宜，约之以命。约定俗成谓之宜，异于约则谓不宜。”

正像哲学的要义不是要给问题一个确切的答案，而是要探索问题本身一样，对于微型小说的“我是谁”也是如此，我们不应执着于皮相的称谓，而应着眼于其内里的本源，从文体自觉、文本自律、文论自省出发，寻找这一文体的内涵与价值。如此，对这一问题的其余两点，如能引起更多的人去思考去探寻，则是最好的回答了。

（二）我在哪里诉说，对谁诉说，哪里最适合我？

一直以来对微型小说的研究，大多还停留在经典叙述学层面，以文本为中心，进行叙述结构主义层面的梳理与挖掘，其理论滞后于叙述学总体发展。

其实，对于微型小说这一精短简洁的文体，放在特定的空间场域、时间源流以及文化语境，结合作者、受众与文本之间的互文关系，其研究才能真正地挖掘出微型小说这一文体的作用和价值。

笔者曾在本书前言《自在与他在　境遇与演进——关于微型小说的再认识》（原载《金山》2022 年第 7 期）中提及以下几点：

其一，微型小说的篇短制微，既是其难以像中长篇那样反映社会深度与广度的短处，然而也是其作为文学轻骑

> 兵能够快速反映社会点滴变化的长处，是能够最快速触及社会变化的文体。其二，微型小说因为篇短制微，更多的属于文学领域的“智力游戏”，应该是最为活跃最具创新性的一种文体，其对文学创作新形态的探索，对文学新思想的触摸，具有先遣队的作用。微型小说不仅是训练作家的学校，还应该是文体探索的试验田、文艺思潮的发源地。其三，微型小说因为篇短制微，其每一篇成品都应该是“精致文本”，以最个性的叙述直抵生活最真切的烟火气。

现在来看，这一阐述更多地聚焦于文本修辞层面，视野狭窄了些。

回到这一问题本身，微型小说要摆脱经典叙述学以文本为中心的纯粹形式层面的研究，应尽力将文本形式与语境、历史、文化、审美等诸要素连接起来，方为得法。说到底，“我在哪里诉说，对谁诉说，哪里最适合我”是一个关乎微型小说存在以及这一文体与其他文体关系的战略性问题，难以用战术性的思考来回答。

（三）我应该做什么，如何做？

小说这一文体，虽然其“出生”较晚，但其源流久远。从结绳画像，以口语传播、歌谣记事为主的“前小说”时代，至庄子首开虚构先河、“弄小说以干县令”的“准小说”时代，到唐宋元明清传奇、话本、拟话本进入消费领域的“类小说”

时代，中国叙事文学世代生生不息，一路薪火相传。

时代的车轮滚滚向前，不同于以往的韵骈抒情感怀，我们来到了一个以叙事为中心的消费文化时代。美国传播学者沃尔特·费希尔强调，人是讲故事的动物。作为人类最古老、最简单、最有效的话语实践的叙事，人们以“讲故事”来影响他人、展示自己。当下，“讲故事”更多地与改变个人的生身处境联系起来。这是小说这一文体存在的社会文化背景。

作为最适合人类心智、最有效改变人们对现实认知的叙事，是人与人之间传递信息最有力的沟通形式。何况，我们生活的当下，是最注重“讲故事”的时代。强劲的消费市场、拥挤的生产群体、多元的传播方式、高效的投入产出，造就了小说作为消费文学的主力军时代。但是，作为“以最凝练的文字传递最有价值的信息”的微型小说，却一直面临着边缘化的“他者困境”，长期被视为“替补队员”。

我应该做什么，如何做？不仅之于微型小说文体自身，而且也应该是我们每一个自命为微型小说“行道之人”的反躬自问。同时，还应该看到，这一问题的提出，不仅关乎来自源远流长的叙事历史语境下微型小说如何作为，而且也应该是我们前瞻未来，在以光电影像为主、文字为辅的“后小说”时代应具备的危机意识。

(四) 我承担什么，会有什么贡献？

人类表达的基本出发点有三个：叙事、议论、抒情。作用于他者，则叙事引人，侧重于说明事件的来龙去脉；议论服人，侧重于逻辑演算的推理递进；抒情感人，侧重于胸臆情绪的同化感染。出发点不同，表达主体所选取的话语范式也有所不同。

相对于抒情的激情过后，情绪感染来得快、去得快，以及议论的条分缕析，烦琐烧脑，叙事以新鲜生动形象的呈现，为受众所乐于接受。叙事在文本中建构一个由不同人、物、事组成的可能世界，读者经由叙述媒介的引领，进入作者建构的平行于现实的可能世界，就像读者从现实世界“旅行”进入叙事世界。这就是美国学者格林、布洛克等人提出的“叙事运输”理论。

“叙事运输”这一概念形象地譬喻了包括微型小说在内的叙事文学，使读者在阅读时产生了从现实世界进入叙事世界的“卷入感”，以及从叙事世界返回现实世界的“超越感”，它为读者打通了一个暂时逃离“庸常”现实的通道，使读者产生旅行的“快感”。而微型小说在“叙事运输”时，不需要读者过度地文本沉浸，即可带领读者从现实世界高效、精准、灵活地抵达可能世界。

从这个意义上来说，不同体式的小说，以不同的“叙事运输”方式，带领不同的读者，穿梭往来于不同的可能世界，各有其用，各尽其能，相互竞争又相互成全，难以取代也难以完全相互替代。

（五）我的近期目标和远期目的是什么？

“快生活”的当下，一方面是微型小说从之者众，一方面是这一文体在小说家族一直不受待见，敬陪末座。

惯常的解释是微型小说文本短小，难以反映社会的纵深、宏阔与繁复。

其实，就文体来说，文本的长短不是衡量其优劣的有效标准。否则，精短的唐诗早已被埋入历史的故纸堆被人遗弃。

相反，微型小说之短小，恰是其他体式小说所不具备的长处。其微观的宏阔，有滴水藏海、见微知著之巧；其稀疏的稠密，有以一当十、以象达意之美；其简洁的丰富，有书不尽言、言不尽意之妙。虽然说微型小说更多的是微观视角下的“私人叙事”，但众多的“私人叙事”形成合奏，就是时代的宏大乐章。

当下微型小说发展的表面繁荣与内里弱势，要从两个角度来审视，一曰向内看，一曰向外看。

孟子说：“行有不得，反求诸己”，向内看，主要存在“道”不高、“术”不精的问题。“道”不高，需要对这一文体做本体论的追问，解决其源流与“存在”原理问题；“术”不精，需要对这一文体进行认识论的探寻，弄清其“所在”与运行机理问题。

老子说：“将欲取之，必姑与之”，向外看，须明晰微型小说存在的意义，作为“叙事运输”媒介，其在呈现世界、理解世界、讲述世界中所处的位置，以及其在时空转换、意义迁移的说服机制中所具有的价值。

以上，微型小说的“杜拉克之问”，五个问题层层递进，共同构成微型小说存在的“问题域”。

提出问题，仅仅是微型小说这一文体迈出从形而下的“合法化”到形而上的“正当性”的第一步，更为艰难的行走还在后面。但是，带着问题去找寻方法，是我们达成目标、达到目的的可行之路，也是必由之路。

二、微型小说的修辞悖论

白马是不是马？人能不能两次踏进同一条河流？这些充满哲思的问题，困扰了一代又一代哲人。从客观世界到主观思维，再通过逻辑推理抵达修辞表述，人类这一行走的过程颇为蹒跚。其间，一些问题以似是而非、似非而是的方式，引导人们进入思维的迷宫而难以走出，是谓悖论。

微型小说从其文体自觉肇始，人们对这一文体的认识、理解、探索和讲述同样如此。认识的迥异，解读的误区，甚至思维方式与修辞表达的偏差，均可使我们的逻辑与文本产生一定的距离。审视这些“观念交通”所产生的问题，对这些问题进行解读并探索其背后的因由，或许对于微型小说文体，会有别样的意义。

（一）微型小说的“善”与“恶”

一般而言，“善”指的是正面的、有益的、正确的行为或品质，而“恶”则是指负面的、有害的、错误的行为或品质。

这里讨论的微型小说的“善”与“恶”，借用欧洲中世纪神学家阿奎那的观点，即“善”是让其能够成就自我的东西。或者再扩大一点说，“善”是让其能够成就自我并有益他者的东西；“恶”则反之。

时人谈到微型小说，有时呈现两个极端，曰“善”者认为，精粹凝练，具有高度的精炼性和浓缩性；曰“恶”者认为，单薄浅显，难以展现社会的复杂性和多样性。

在讨论这一问题之前，先来看苏联作家阿·托尔斯泰的一段话：

> 小小说，这是最棘手的一种艺术形式。在篇幅比较大的中篇小说里，可以用一些华丽的描绘和机智的对话跟读者“一味地穷聊”，这都没有关系……可是在小小说里，则是一目了然。你们应该是有才华的人，应该是有出息的人，这种小巧的形式决不会使你们失去丰富的内容。你们应该像写十四行诗的诗人那样，写得洗练。但是洗练应该求之于素材的集中，要选择那些最最必要的东西。小小说的结构应该做到有起伏，有转折。应该使作品成为一个完整的东西。小小说，这是训练作家最好的学校。

应该说，托尔斯泰的话说得较为贴切，也较为恳切，所以也引起中国微型小说界的注意。特别是“小小说，这是训练作家最好的学校”一句，经常被引用。但是与此同时，人们有意无意忽略了这一文体对作家的写作技能有更高要求的部分。通读整段话，其本意应该是，小小说相较于其他体式小说更难、更棘手，能够掌握小小说这一文体，则更有利于其他体式小说的创作。而这于作家是更大的“善”。

以往我们讨论这一文体本身，大多停留在文体学、修辞学层面。如果我们上溯人类交流更本源的功用来看，我们所有的信息外向传递无非是为了“修辞说服”，或者说“修辞影响”。微型小说以较少的“浸没成本”达成文学性隐喻的“说服机制”。换句话说，就是微型小说具有更高层次上的“实用性”和“高效性”。故而，我们拿一篇微型小说，去和一部长篇小说比较其丰富性、复杂性，是以己之短比人之长，就像我们不能要求长篇小说与微型小说一样快速、高效地对现实社会做出反应一样，“自我”的“善”与“他者”的“恶”不具有可比性。

（二）微型小说的“人”与“事”

探讨微型小说之“人”与“事”者，是说这一文体是该以写人为主，还是该以记事为要。

查阅《现代汉语大词典》的解释，小说为一种叙事性的文学体裁，通过完整的故事情节和具体环境的描写，塑造多种多样的人物形象，广泛地反映社会生活。

而在微型小说界，之所以产生微型小说应侧重于写人还是记事的疑问或者争论，一方面，与当下的微型小说研究不无关系。这些研究过分夸大了微型小说不同于其他体式小说的叙事特征，甚至把其剥离于小说文体之外，似乎微型小说可以脱离小说叙事的一般规律。这不能不说是当下微型小说研究的偏差。

另一方面，还应当看到，这一问题产生的根源，与微型小说这一新兴文体对中国源远流长叙事艺术的纵向继承，以及西方蜂拥而来的小说文论的横向借鉴，亦有一定的关系。

所以，要回答这一问题，须从更广阔、长远的社会背景和历史源流加以考察。

中国叙事的史传传统，既注重事的记录，又注重人的纪传，人与事在历史的流动中辩证互动，具有良好的互文性。在“左史记言，右史记事”的古代，通过言与事的互证来记录朝廷的得失。春秋时期，《春秋》为名副其实的“事经”，以记事为核心内容；至西汉司马迁《史记》横空出世，一改编年体以事件为中心的史传之法，新开纪传体以人物为中心的编史之法。两种史撰虽有侧重，却颉颃相生，钟鼎互鸣，和谐于一体。

可见，在中国的史传叙述中，人物和事件是相互交织、相互依存、相互作用的。人物是事件的发起者、推动者、参与者，而事件则是人物行动的背景和舞台、过程和结果。在通过叙述事件来展现人物的性格、行为、思想的同时，也通过描写人物来揭示事件的意义和价值。

近代以降，受外国文艺思潮的影响，文学创作主张以人为中心，强调人的尊严和价值。特别是苏联作家高尔基提出了“文学是人学”一说后，国内学者对这一命题进行了进一步的阐释和发展。例如，周作人在新文学运动兴起后，发表了《人的文学》一文，提出了以人道主义为本的文学主张，强调了对人生诸问题的记录和研究。钱谷融在 1957 年发表了《论“文学是人学”》一文，修正了“人的文学”为“文学是人学”，并在高尔基“文学是人学”的基础上，深入论述了文学与人的关系。他认为，在文学领域内，一切都决定于怎样描写人、怎样对待人，文学的中心是人，必须以人为描写的主体，创造出生动的典型形象。

高尔基的“文学是人学”虽然是在特定的语境下提出的，其原本语意未必完全如此。但钱文的阐发及后人的解读，奠定了这一命题在一定时期对于文学创作的指导作用，具有一定的积极意义，使这一命题不仅具有了“人学”存在论的哲学基础，而且也具备了文学本质论的独特内涵。

从这一意义上来说，既然小说“依靠的是用概括的、典型化的手段，从现实生活的基础上，虚构了情节，使人物和故事给人以强烈感”（秦牧语），那么，人物与故事二者不可偏废。一言以蔽之，从“有人的故事”到“有故事的人”是“道”，其余的，是“术”。

（三）微型小说的“难”与“易”

微型小说之“难”与“易”，是经常有人探讨，又经常陷于对立的问题。曰难者认为，微型小说非常难写，能写出长篇小说，不一定能写好微型小说；曰易者认为，微型小说非常容易写，认识字就会写微型小说。

两种说法，孰是孰非？

对于一个问题来说，给出结论容易，给出基于结论的令人信服的逻辑推理难。因为，这需要一系列的观察、实验与论证。按照波普尔的“理论先于观察”的研究思路，假设微型小说之难说成立，却有些作家，既有很好的长篇小说，也写出了很好的微型小说；假设微型小说之易说成立，又有好多初学者，写出的微型小说大多比较糟糕。如此来看，曰微型小说难或易，均有其片面性。

其实，不论科学还是艺术，人类高质量的智力成果，相较于平凡的大多数，都是凤毛麟角。是故古人感叹：“学者如牛毛，成者如麟角。”以唯物辩证法的思维来看，曰微型小说难或易，既有其片面性，又有其合理性，难与易均是指其某一方面而言。

笔者曾在《从“生活的质感”到“精神的穿透”——微型小说个性艺术特色探微》[原载《江苏海洋大学学报》（人文社会科学版）2022年第5期]中论及这一点，对讨论这一问题或许能有所启发：

> 微型小说篇幅短小，“操之甚易”，1 500字左右的篇幅，在现代输入技术条件下，半小时即可完成。但微型小说创作与其他体式文学创作一样，检验的其实是文字之外的功夫，要真正做到小而精、小而深、小而巧，如柯灵先生所说的“大处着眼，小处落墨，深处见精神，巧处见功夫”，却又难之又难，故微型小说创作的特点除了“操之甚易”外，更多地体现在易写难精。

曰易者，其实是说写出较少的文字易；曰难者，其实是说写出好的小说难。我们的思维在给出这一问题的答案时，就不知不觉游离了“靶心”。

三、微型小说的叙述哲学

微型小说的文体“自立”，须从其概念生成、信仰建立、思维路径到文本实体、理论学说等层面系统化，即从形而下的“合法化”到形而上的“正当性”，建构微型小说“生态存在”的社会语境。所谓形而下的“合法化”，即微型小说叙事学的运行机理的辨析；所谓形而上的“正当性”，即微型小说文体学的存在合理的思考。微型小说形而上的“正当性”，源于微型小说的形而下的“合法化”；而微型小说的形而下的“合法化”，支撑微型小说形而上的“正当性”。它们相互联系，又互为条件，缺一均难以形成微型小说生态存在、系统运行和文体发展的完整体系。

基于此，笔者试从微型小说的叙述哲学这一思维视角，提出一点初步思考。

（一）“上善若水，水善利万物而不争”，微型小说“存在论”的观察

当下的微型小说“存在”，有一个颇具意味的现象，即时下微型小说的处境，有点像小说这一文体萌芽时期人们对于小说的态度：大家经常能看到它，不讨厌它，但在内心里又轻视它，像对待未庄的阿Q。用哲学话语来说，现在的微型小说处于“他者困境”。但笔者更喜欢用一句网络流行语来描述微型小说的这种境遇，那就是：“就喜欢你看不惯我又干不掉我的样子。”

在人类叙事兴起的初期，更重视的是对庙堂历史的记录。所以，庄子对萌发于民间的“私人叙事”颇为不然，他以为，“饰小说以干县令，其于大达亦远矣”。认为修饰浅识小语以求

高名，和明达大智的距离很远。虽然“小说”在这里只是说了一种现象，不是作为文体的概念使用。

庄子之后，不论是认为小说为“丛残小语”的桓谭，还是“道听途说之所造”的班固，以及“得之于行路，传之于众口，街谈巷议，道听途说，真伪混杂，泾渭不辨”的刘知几等，在重史述、轻虚构的“史贵文轻”时代，均认为小说为小道，不能登大雅之堂，属于名副其实的“小说”。

近代以降，这种以虚构为主的叙事文体，以大众喜闻乐见及海量的文本构成终获正名。往昔的“丛残小语”，终因其顽固的逆境生长，登堂入室，修成正果。

却顾所来径，苍苍横翠微。一篇篇、一卷卷优秀的小说文本，照亮了中华文化的发展史。这于微型小说来说，就是最好的借鉴。

就让我们的创作像水一样自然地流过，不去过多地争论文体的名称、文本的长短、技巧的优劣，写出最接近我们生命本真体验的文字，让人哭泣或者欢笑，让人感动或者嫉妒，让人忧伤或者忘却。当这些作品像山川河流一样存在，就没有人会忽视你，就没有人会轻视你。

由此想到先哲老子《道德经》所言：“上善若水。水善利万物而不争。”水之“善”，在于它的顺其自然，清静无为；在于它的中和包容，谦卑低调；在于它的恒久持续，坚持不懈；在于它的乐于助人，利他奉献。微型小说之“善”，当有此品格与风尚。从文体意义上来说，个人期望，它不仅提供了“以实录为己任的，寓劝诫、广见闻、资考证的丛残小语、尺寸短书”（石昌渝语）；而且我们在微型小说，当然也包括其他的文学作品的阅读中，能够凝视过去和未来的自己，让喧嚣的红尘远去，让灵魂在阅读中安宁和纯净，感受生命的愉悦或痛苦，抵达我们肉身所不能抵达的远方。

（二）“先有鸡还是先有蛋?”微型小说本体论的思考

先有鸡还是先有蛋？这个看似有点无聊的话题，却是一个经常引起争论又无果的问题，也是一个著名的哲学悖论。假如我们绕过这一问题的答案，去找寻这一问题的缘由，这其实是对事物的“这是什么”本体论的思考。

那么，微型小说是什么？或者说小说是什么？

对于这个问题，中国台湾作家张大春在其《小说稗类》中，做了一个有趣的回答。他首先引用一个“显要人物”对于小说的看法：“小说嘛，就是读来消遣消遣、娱乐娱乐的。”颇有“雕虫小技，壮夫不为”之意。作为小说作家的张大春，借用意大利作家卡尔维诺的微型小说《市区的蘑菇》的阅读感触来暗喻，那些忽略小说之美的“显要人物”之类，“他们错过卡尔维诺不算什么，而他们损失的世界却难以衡量”。那么，张大春眼中的小说是什么呢？“它是一个词在时间中的奇遇”，张大春说。也许，只有触摸到小说奇妙的人生体验和审美体会的人才会这样说吧。

张爱玲有一篇题为《爱》的小说，似也可譬喻小说之于我们是什么。一个十五六岁的女孩子，立在春天夜晚的后门口，住在对门的年轻人路过，轻轻说了声：“噢，你也在这里吗？”

多年之后，经历过被拐卖被欺骗的她，那一句“噢，你也在这里吗”，依然在她的心里温热地滚动、流淌。

我想这就是小说所给予我们的，不一定是物质的实体的所在，而是像卡尔维诺所言，风从远方带给我们希冀；或者如张爱玲所感，那种流淌在心里的温热。

上述两例都是从接受的角度，指出了小说能够给我们什么。如果从笔者的视角，希望小说是什么，则希望小说特别是微型小说像清人刘廷玑所说的那样：

> 朝政宫闱，上而天文，下而舆土，人物岁时，禽鱼花卉，边塞外国，释道神鬼，仙妖怪异，或合或分，或详或略，或列传，或行纪，或举大纲，或陈琐细，或短章数语，或连篇成帙，用佐正史之未备。

至于微型小说的本体是什么，或曰：以动词为主体的事件和人物构造，比短篇小说字数少的小说。

（三）“认识你自己”，微型小说叙事观的辨析

“认识你自己”是古希腊哲学家苏格拉底的名言，与此相联系的还有他的另一句话：“未经反思的生活是不值得过的生活。”苏格拉底以此警醒自己，只有在对灵魂的追问和对生活的内省中，才能走向更加完美的自我。

在苏格拉底看来，身体不过是条件，灵魂才是真正的原因。从这一层面来说，要抵达微型小说的“善”，实现和发挥微型小说的“本性”——塑造人物、反映生活，语言与方法只

是条件，叙事观才是根本。

叙事作为微型小说的基本信仰，其构成的“基本粒子”为何？按照叙事学者傅修延的观点，包含了动作和动作的对象，能够引起动作映像的字，可称为叙事的最小单位。以这类字与其他字组成的词次之，以字词组成的语句次之……这也是上文把“以动词为主体的事件和人物构造”视为小说主体的由来。

自微型小说文体确立以来，对其叙事艺术论述者众，常见者如以小见大、以短见长、以少胜多、以简见繁、以易见难、以事见人、以快制慢、以象达意，以及翻三番、故事反转、情节紧凑、含蓄蕴藉、人物简洁等多重视角。但这些论述多属“术”的操作层面，缺乏“道”的观念视角。

微型小说的叙事艺术，须突破经典叙述学的藩篱，更多地从“道”的层面建构。

一是要建构“故事主体”的话语范式，厘清讲什么的问题。传播学者陈先红在其《讲好中国故事元叙事传播战略研究》一书中论及：“故事是一种特别有效的信息，通常在叙述后立即具有比非叙事更大的说服力。好故事能够成为一种叙事说服工具，有效改变人们原有的认知、态度和情感。”作为一种叙事文体，微型小说主要通过故事的“隐喻机制”影响读者，所要塑造的是“故事中的人”，不是“言论中的人”，也不是“抒情中的人”。

二是要凸显“私人叙事”的个性特征，厘清谁来讲的问题。中国叙事的历史经验告诉我们，历朝历代的“丛残小语”之所以生生不息，在于其给予受众的不同价值。相比正史相对单调的“格式化”，以及遵从大致的叙事范式，“私人叙事”从内容到形式都更为丰富多彩。同时，“私人叙事”不再追求一种普遍性和整体性的话语范式，而是注重表达个体的感受、体验和思考，因而往往带有浓厚的主观色彩和个体经验，使得事件更加生动、具体和可感。

三是要找准“微观叙事”的切入角度，厘清怎么讲的问题。相对于“宏大叙事”的广阔、壮观、繁复与芜杂，“微观叙事”更注重对日常的关注与反思，更注重个体独特的经验和感受，更具有“生活的质感”。它以被“宏大叙事”所遮蔽、所忽略、所不屑甚至所不能抵达的细腻与生动，解构那种集体的、整体的、一元化的叙事模式，唤起受众更为生动、丰富、独特的阅读诉求，从而让读者在共情体验中产生共鸣。

行文至此，想起著名的“奥卡姆剃刀定律”，奥卡姆的“简单有效原理”一说就像是为微型小说量身定制，他告诫我们：“切勿浪费较多东西去做，用较少的东西，同样可以做好的事情。”

（四）“人生而自由，却无往不在枷锁之中”，微型小说方法论的梳理

19 世纪法国启蒙思想家让-雅克·卢梭有一句富于深刻哲理的话：“人生而自由，却无往不在枷锁之中！”作为生而自由的人，因各种社会、文化和个人因素的限制和束缚，仿佛身处无形的枷锁之中。

反思包括微型小说在内的所有文体，又何尝不是如此。

中国的叙事文学几千年一路演变而来，除却叙事话语的丰富，即便今天，《春秋》的词约义丰、精腴减奥、幽微婉转，后人仍少有超越性创造；《史记》的辩而不华、质而不俚、文质相称，即便今天看也是悦目赏心。可见，文学创作不像自然科学，不完全依赖于人类知识的积累。因为，文学创作不仅在于言辞的丰富，还在于创作个体独特的人生体验、情感抒发。而这些，是无法通过人与人的接力完成的。一个人的肉体死亡，他的个体精神体验也随之消亡了，无法转给别人。

至于什么是小说的或者说微型小说的好的创作方法，笔者认为，只要能够写出思想深邃、人物鲜活、语言个性、形式独到的优秀作品，就是好的方法。一如古人所言："文无定法，文成而法定。"

方法的可贵不在于因袭，而在于创新。这于小说文本创新也是一脉相承的。

"在世界与人性急剧变化的今天，小说应当探寻新的结构世界的能力，反对用一种或几种定义限制小说发展，反对用一种或几种经典文本规范小说创作，以此解放小说，重拾语言的文化属性。"但愿文艺理论学者王尧的这段话能够对我们有所启发。

下编

微型小说叙述艺术的实践与经验

从经典叙述学向后经典叙述学的过渡与游移

——微型小说叙述艺术研究举隅

微型小说的叙述艺术不仅体现在文字的精炼与情节的紧凑等文本修辞层面，更在于其独特的叙事视角、深邃的主题内涵和巧妙的情节建构等叙述范式和话语范式等文体修辞方面。

对微型小说叙述艺术的研究，既要运用经典叙述学的方法，对代表性的作品进行文本分析和比较，揭示其叙述艺术的内在规律和美学特征；还要运用后经典叙述学的方法，关注微型小说在现代社会中的传播与接受情况，探讨其在当代文化语境中的价值和意义。此系微型小说叙述艺术研究的认识论。

对微型小说叙述艺术的研究，在把其放在小说这一文体大类之中来研究的同时，须加强对微型小说自身叙述艺术的独特性研究，其要义在于突出共性之中的个性；加强就微型小说对中国叙述诗学的继承研究，以往涉及这一层面的研究较少；加强中国本土叙述经验与西方叙述探索的融合研究，洋为中用。此系微型小说叙述艺术研究的方法论。

遵循以上思路，试对微型小说的叙述艺术做一粗浅观察和梳理。

一、微型小说叙述艺术的底层逻辑

微型小说叙述艺术的底层逻辑，是指其深层次的结构和原则，这些结构和原则支撑并引导着叙述艺术在微型小说中的展现。在笔者看来，文学叙述不过是作家去寻找语言与自己心灵的异质同构性，作家对这个世界的认知和情感是其内核，语言是其外在呈现。俄国学者罗曼·雅各布森认为，文学是“对普遍言语所施加的有组织的暴力”。以上所述虽然是所有文学叙述艺术的底层逻辑，但在微型小说这一文体呈现得更为明显，因为微型小说需要在较短的篇幅内塑造出生动独特的人物形象，以及通过精练的语言传递出内涵丰厚的信息，尤其需要作家把宏大的思想植入简洁的语言中去的能力。

（一）有人的故事与有故事的人

虽然，不论在何种体式的小说叙述中，人（以及拟人）均是故事的主体和情节的推动者，是其主题的揭示者、读者情感共鸣的源泉，以及价值观的传递者；但是，“有人的故事”与“有故事的人”，是微型小说与中长篇小说在叙述艺术上的最大区别，这一点，并不仅仅是字面意义上词语位置的调换。更直观点说，微型小说与中长篇小说的区别，有点类似于美术作品的人物画与风俗画。微型小说更多地关注个体主人公的独特形象及审美价值。因而在读者看来，更多的是塑造了一个“有故事的人”。而中长篇小说，则更加强调多个人物之间的关系，其表现出来的是时间因素、空间布局以及人物之间的协调性和整体架构。这些人物群像给读者以“有人的故事”的阅读观感。

对于微型小说的叙述特点，可以借用陈平原在谈到中国小说叙事模式转变时所阐述的观点，即“小题大做”，“口子不妨开得小，但进去以后要能拓得宽挖得深”。所以，微型小说大都是从微观视角，在故事中选取关键的局部情节，对其进行深入描写和刻画。这些情节可以是角色之间的冲突、情感变化、重要决策等。通过聚焦这些情节，可以让读者更加深入地理解和感受故事的发展。同时，强调能够凸显主人公的个性和情感，以及故事的主题和氛围的细节，从而让读者能够更深入地理解和感受人物的内心世界。

梁启超曾把小说分为“记叙派”和“描写派”。他认为，记叙派的特点在于综合事实进行叙述，其故事情节开合起伏，引人入胜；而描写派则更注重对人物性情的描绘，通过记录人物的居处、行止、谈笑态度等细节，使读者对人物产生强烈的情感共鸣。记叙派“综其事实而记之，开合起伏，映带点缀，使人目不暇给”。由于篇幅的限制，微型小说对于人物心理、外貌特征、风物景色等用笔相对较少，更多的笔墨用到了人物的行动上，从而让人物形象在行动中得到展现和丰富。从这一点上来说，微型小说大体上属于“记叙派”。

试以莫言的微型小说《奇遇》为例分析，这篇作品就是通过人物的一步一步行动，揭示出作品的主题。“我”从保定回乡探亲，在村口遇见邻居赵三大爷。他让“我”把一个玛瑙烟袋嘴捎给“我”父亲，说是用这个抵欠的五元钱。“我”到家把这事和父亲说了，并把烟袋嘴递给父亲。小说写到这里，其实很是平淡无奇。如果说小说的前半部分，在作家的笔墨渲染下，读者还期望“我”走夜路时能发生点什么意外的故事来，但随着我“安全”到家，这个悬念也完全消失了。就在读者对这篇作品感到失望时，结尾母亲的一句话使小说有了颠覆性的突破，前面似是平淡无奇的叙述也有了别样的意义：“赵家三大爷大前天早晨就死了!”

活人还钱天经地义，死人欠债不还也情有可原，都是生活中的正常逻辑。但微型小说惯于突破生活的惯常逻辑，通过非常规事件塑造人物，表现生活。《奇遇》的让死人还钱，加之全文纪实性叙述，一下子打破了人们的思维惯性，从而引起读者的思考：为什么虚无缥缈的“鬼”，比某些真实的人更可亲可信？按照我们朴素的生活逻辑，死者幻化的“鬼”，其实是在世之人的一面镜子，也是活着的人的精神延续。如此，一个亦鬼亦人的赵三大爷形象呼之欲出，令人印象深刻。从更高的层面上讲，赵三大爷不仅是个体形象，而且映射了中国农民的群体形象，凸显了他们身上那种善良诚信的可贵品质。

沈雁冰（茅盾）在 20 世纪 20 年代论及外国小说时，曾说：“美国文学家做短篇小说，大都注重结构（Plot)；俄国文学家却注重用意（Cause)。”从《奇遇》这篇作品来看，也可以体会到微型小说创作的独特方式和方法，即这一文体不仅要注重用意，意在笔先，也要注重结构，别出心裁。如此，方能在不长的篇幅中塑造出令人难忘的人物形象。

长篇小说一样注重人物塑造，由于不受篇幅所限，可以更多地用到梁启超所说“描写派”的手法，挥洒笔墨，汪洋恣肆，其一个一个人物群像，也就显得丰满圆润。如作家金宇澄的长篇小说《繁花》，以浓郁的地域色彩和繁密的时代印记，塑造了沪生、阿宝、小毛、姝华等沪上人物群像；作家梁晓声的长篇小说《人世间》通过周氏一家几代人在时代大潮挟裹中的悲欢浮沉，塑造了周秉昆、周秉义、周蓉、郑娟等人物形象。作家刘震云的长篇小说《一句顶一万句》，则以人物接力出场的方式，不同的时间段表现不同的主人公形象。这些人物通过作家笔下一个一个生活场景以及语言、行动、细节等循序渐进，不断积累，演化成丰富多彩、绚丽多姿的时代生活画卷，人物形象也逐渐立体化。而微型小说由于篇幅的限制，只能选取一个或几个特别能够表现人物的场景或事例等相对有限的元素，使其塑造的人物形象陡然鲜明起来。这也是微型小说与其他体式小说塑造人物的不同。

（二）叙述的有限性与叙述的开放性

叙述的有限性，首先是因为叙述视角的局限性。叙述者总是从一个特定的角度出发来讲述故事，这个特定的角度就是叙述视角。叙述视角的选择不仅影响了读者对故事的理解，也限制了叙述者对故事的全貌和深度的揭示。

叙述的有限性，其次是因为叙述语言的局限性。语言的表达能力受限于符号的数量和组合方式，受到文化、历史和社会的影响，某些概念或经验可能难以用语言准确表达。语言的抽象性也使得它在描述具体场景和人物时可能失去生动性和具体性。语言只能永远去迫近事物的本质而无法抵达。所以佛家也认为，不可说不可说，一说就错。认为对于佛法的理解，需要通过修行去参悟，也是同样的道理。

叙述的有限性，再次是因为叙述结构的局限性。不同的叙述结构有着不同的特点和功能，线性叙述结构能够按照时间顺序清晰地呈现故事的发展过程，但却可能缺乏张力和悬念；非线性叙述结构则能够通过时空跳跃和交叉叙述来增强故事的张力和深度，但也可能会影响读者的充分理解。

叙述的有限性，最后还和叙述者的主观性原因有关。叙述者可能会根据自己的经验和情感来解读和重构故事，引导读者从叙述者的视角和情感理解故事。作者叙述的有意隐匿隐晦隐射，也赋予了文学作品更多的个性和独特的魅力。

就微型小说来说，叙述的有限性，主要通过留白、隐秀、意象以及隐喻、映射、隐性叙述等修辞手法或艺术手段来体现。这些方法从其运行的底层逻辑层面来讲，都是通过叙述信息的延宕或压制来实现。美国叙述学者爱玛·卡法勒诺斯认为，我们能获得哪些事件信息，在很大程度上取决于我们的时空位置。由于这个原因，我们获知事件时的顺序与事件本身的时间顺序是不同的。有时关于某一事件的信息被延宕了，我们只是在得知后续事件之后，才知道此前发生的事件。如果某一事件信息被压制了，我们就永远不知道发生过什么。微型小说的叙述艺术就是有意利用时空信息传递和获知的这一特性，使叙述的信息或者呈碎片化，或者有意缺失，或者受到延宕，让读者根据自己的理解去解读和重构，从而达到言有尽而意无穷的效果，给读者以更多的想象空间。

裘山山的《象牙色毛衣》，即典型的以有限的叙述，带给读者无限想象空间的微型小说。

小说中，作为她丈夫的朋友，他总是热心地帮助他们。因他与几任女友的感情总是不明不白地无疾而终，以至毛衣破了也无人织补。她动了恻隐之心，起意给他织一件毛衣。但她又顾虑丈夫的感受，生活中诸多干扰使这件毛衣的编织进度一再耽搁。直到有一天传来他的死讯。这件不能再给他温暖的毛衣，成了他们心头永远的遗憾。

在这篇作品里，他对她以及她对他是一种什么样的感情，他的个人感情生活为什么总是失败，是否有她的因素掺搅其中……这些疑团如一团没有理好的毛线，留待读者去慢慢梳理，相信不同的读者会有不同的答案。

作者引而不发的叙述，若有若无，似隐似露，信息的披露恰到好处，引导读者走进精心设计的海市蜃楼般的缥缈境界，也增加了作品的魅力和阅读的趣味。

如果说，叙述的有限性类似于中国画留白艺术的话，其空白处留待读者的想象去补充，其效果在于增加作品的内涵；那么，叙述的开放性则类似于中国画中物象的隐喻艺术，如龙凤呈现的是吉利祥和、松鹤代表的是延年益寿等，其效果在于增加作品的外延。

叙述的开放性在于叙述语义所承载的意义超出其本身的含义，这些隐喻意义源于作者与读者文化、哲学、历史等方面的通信默契，作者意图通过作品传达更为丰富、多义、开放、深刻的意义和内涵，从而使得叙述不再是封闭和固定的，而是充满活力和变化的。

首先，叙述的开放性源自媒介符号的多义性。文本中的语言、符号和图像往往具有不确定性和隐喻性的多种解读方式，读者可以根据自己的文化背景、生活经验和审美趣味，从文本中读出不同的意义。

其次，叙述的开放性还体现在其未完成性。其叙述所指具有某种意义上的残缺性，“欲说还休，却道天凉好个秋”，那些未完成的元素激发了读者的想象和创造，使得叙述具有了无限的可能性。

最后，叙述的开放性还与其互动性有关。特别在微型小说文本叙述中，叙述不再是单向的传递，而是双向的互动。读者可以通过想象重构参与叙述的建构中，与作者共同创造和塑造叙述的意义。

叙述的开放性，对于微型小说创作来说是一种重要的文本特性，它使得叙述具有了多义性、未完成性、互动性。这种开放性不仅丰富了叙述的内涵和意义，也为读者提供了更多的参与和创造的空间，引发读者的多种解读和思考。

刘怀远的《琴痴》，写一个叫三丫头的女孩因痴迷古琴被拐他乡、被剁去两指的悲惨故事。作者的笔墨从倾注于三丫头的见琴、听琴、慕琴到因为痴琴被人拐走。这一系列快速发展的情节，密集的意象，在作者的叙述中得以充分展现。

在这之后，出现了叙述的断裂带，即作者以叙述的未完成性，达成叙述的开放性，从而让读者以自己的思维去修补作者叙述的断裂带。

三丫头再出现时，已是两个女儿的母亲。从她的“额前垂着一绺粗黑的头发”这一细节，三丫头依然痴迷她的弹琴梦想；两根残缺的指头，又预示着这梦想的破碎。

《琴痴》一文，仅叙述三丫头的一系列行为动作，主人公“额前的一绺头发”这一细节贯穿始终，但简洁的行文背后，似有千言万语在作者的叙述背后奔涌，其间既有作者叙述未完成的生活场景，更有贯穿其中的炽热情感，具有了钟嵘所言“文温以丽，意悲而远，惊心动魄，可谓几乎一字千钧”之功。

二、微型小说叙述艺术的经典叙述学观察

经典叙述学之于包括微型小说在内的文学创作最为可贵的，在于它从更为底层和基础的层面，为文学创作的叙述艺术提供了更为系统、更加广泛、更具包容性的文本阐释。从经典叙述学角度来看，微型小说相较于其他体式小说的叙述，在遵从小说叙述普遍规律的同时，又对之进行了适应自身文体特征叙述要求的解构与建构，逐步形成了自己独特的构造过程。

（一）微型小说的叙述解构

传统意义上，人物、情节、环境是构成小说艺术魅力的三大要素。小说三要素的理论最早可以追溯到20世纪20年代初期。当时，有几位文学研究者分别提出了类似的理论。中国现代文学史上第一个新文学社团文学研究会成员瞿世英在《小说的研究》中提出了“小说的重要元素”为“人物”“布局”和“安置”。同时期，另一文学社团创造社的郁达夫在《小说论》中，将小说的结构列为重要元素之一，具体为“结构（Plot）”“人物（Characters）”和“背景（Setting）”。另外，沈雁冰

(茅盾) 也在《小说研究 ABC》中，将小说要素命名为“结构”“人物”和“环境”。

虽然这三位研究者都提出了类似的理论，但“小说三要素”这一具体说法并非由他们直接提出。事实上，“三要素”的说法可能源自19世纪末英国小说家史蒂文森对他自己的传记作品所说的一段话。然而，史蒂文森所谈的其实是创作小说时的三个注意事项，而非直接针对小说品评的方向。后来，这个概念经过演变和传播，逐渐被文学界接受并发展成为现在所说的小说三要素理论。

人物、情节和环境的构成基础是时间和空间。文学叙述是一种时间和空间意义上单线或多线的叙述流，其实质是时间和空间意义的语言艺术。但观察微型小说的叙述，由于篇幅所限，既缺乏浓墨重彩的空间营构，也缺乏单向意义上的时间流动。如毕淑敏的微型小说《紫色人形》，写一对新婚夫妇在经过一次火灾之后，相互关爱、厮守直至生命消殒的故事。小说的开头是这样的：

> 那时我在乡下医院当化验员。一天到仓库去，想领一块新油布。

简单一句话，即建构了故事发生的时间和空间：“那时”和“乡下医院”的“仓库”。

这篇读来令人感慨万千的小说，仅简单提及故事发生的地点，时间也相对凝固了，从“线状的流体”被压缩成“饼状的固体”。作家不再利用时间来安排小说的结构，不再利用时间来推动整个事件的进程，时间被故事叙述所淹没。

微型小说对于空间的意义消解，则主要体现在不再去刻意营构故事发生的地理景观、舆地人情、风物特征等，就像一张背景简单的人物照片，空间意义只具有人物存在的衬托意义。刘斌立的《转场的哈萨克》，写哈萨克牧人之子乌尔达拉克和父亲赶着牛羊转场的故事。在这篇小说里，舆地景观只存在于作品叙述的片言只语中，空间意义只是一个文化符号性存在，仅仅具有象征意义。

微型小说对时间和空间意义的漠然，形成对传统意义上小说叙述的消解，不仅体现在打破了时间的线性流动性和空间的有机整一性，还体现在时间和空间意义对于叙述的从属性。前文提及的《象牙色毛衣》《琴痴》，即便故事具有了一定的时间跨度，但这些时间不是呈流动状，而是被打破成碎片的“微时间”；而人物活动的空间，也无法铺展为阔大的社会场景，只是人物施展其个体行为的一个一个相对单纯的“微空间”。这些“微时间”“微空间”则由作者的叙述结构组合，是由作者的叙述“黏合”起来的。

微型小说对时间和空间意义的漠然，并不是说时间和空间不重要，而是说在微型小说这一文体中，时间和空间结构相对单纯简洁。时空意义对于微型小说和其他体式小说来说，就像是人物肖像画和地域风情画，只是艺术家的着力点不同。相反，任何事件都发生在特定的时间和空间，是作家刻意选择后的结果，并不是说时间和空间意义被叙述淹没之后就可敷衍对待。相反，任何一篇文学创作，其时间和空间的意义都应该刻意经营。对时间和空间意义的刻意经营，与其所承载的笔墨多寡浓淡，以及作家叙述的意义后置和背景衬托等，不一定呈现为正相关，其间的辩证关系，值得细细品味和体悟。

（二）微型小说的叙述建构

微型小说的文体特征决定其时间从“线状的流体”被压缩成“饼状的固体”；空间从“有机的整一性”，被淡化、打碎、消解、后置等手段消解之后重新建构为一个新的“拼贴体”。这个拼贴体既有作者的叙述，也有文本留白带来的猜测臆想，即是由文本所指、暗指、喻指等语义指向，同时由信息生发者、接收者和文本本身多方共同建构而成的。

既然人物、情节和环境作为小说的三要素，或者说作为其构成基础的时间和空间意义被解构之后，微型小说的叙述势必以新的运转规律和面貌呈现。

首先，微型小说追求叙述的“故事性”。

所谓叙述的故事性，是指作品的叙事结构和情节发展具有戏剧性的起承转合，有明确的主题和人物关系，以及充满悬念和转折的情节。考察汉代史传、六朝志怪、唐人传奇、宋元话本、明清笔记，这些叙事体文本一路演绎而来，均以对事件和人物的戏剧性呈现为工，极为重视“讲故事”。按照美国学者罗伯特·麦基和托马斯·格雷斯在其《故事经济学》中的观点：故事是终极“信息技术”，故事化沟通是传递信息最有力的形式，因为故事最适合人类心智，伟大的故事有力量改变人们对现实的认知，故事化的真理建立了数亿人追随的文明和信仰。人们更容易被一个好故事而不是一个好论证说服，故事具有更好的公共适用性。微型小说对“讲故事”的回归，恰是借助故事的力量，以达成其作品文本的“说服力”。

许多优秀的微型小说作品，往往是以“讲得出、听得进、记得住、传得开”的故事令人过目难忘，冯骥才的“俗世奇人”系列、孙方友的“陈州笔记”系列均是以吸引人的故事叙述令人击节称奇。

其次，微型小说追求叙述的“诗性”。

所谓叙述的诗性，是指作者的叙述语言具有多指性和多义性，其语言的张力，在表达时所蕴含的深层含义和丰富情感超越了字面的直接意义，使语言具有更深远的内涵和更丰富的表达力。凌焕新认为：“微型小说具有诗一样的气质和品格，或者说它有着诗那样的美学追求，从叙事的凝练与腾挪、艺术的意蕴与容量角度看，它显现出一种诗化了的韵味。”

微型小说从诗歌表达中汲取养分，从而丰富了其文体的表现力。试以中国台湾诗人郑愁予的一首现代诗《错误》分析之：

我打江南走过
那等在季节里的容颜如莲花的开落
东风不来，三月的柳絮不飞
你的心如小小的寂寞的城
恰若青石的街道向晚
跫音不响，三月的春帷不揭
你的心是小小的窗扉紧掩

我达达的马蹄是美丽的错误

我不是归人，是个过客……

短短的九行文字不但讲述了一个意蕴深远的故事，而且结尾的转折颇具“临去秋波那一转”的神韵：读者或者窗扉后面的那个人本以为“我”是赴向晚的约会之人，却不料“我”只是过路之人，是一个与“窗扉后面的那个人”无干的匆匆过客。

极富诗性的叙述，犹如一幅充满生活质感的画卷，以其稠密的意象、紧凑的结构、巧妙的情节和绵长的意蕴，营造了一个弥漫着怅惘氛围的“虚构的世界”，这亦是叙述的诗性所带来的艺术效果。将之与中国台湾作家陈启佑的微型小说《永远的蝴蝶》对照阅读，可见诗歌与微型小说各美其美、异曲同工的叙述之妙。微型小说叙述的诗性，使叙述更加生动深刻、意味绵长和富有感染力，给读者以独特的审美体验。

最后，微型小说追求叙述的“随性”。

这里所说的叙述的随性不是说叙述的随意性，而是指微型小说在打破了时间和空间意义对叙述的局限之后所带来的叙述的自由度，它的叙述不再追求人物、情节、环境等小说要素的完整性，从而使微型小说的“叙述密度”更具弹性，留给接收者的想象更深邃更具启发性。

在人物塑造上，微型小说往往选取最具代表性的特征或行为来刻画人物，而非追求全面的性格描绘。这样，虽然人物可能不够丰满，但却能更加鲜明地突出其核心特质，给读者留下深刻印象。

在情节安排上，微型小说通常选取最具冲突性和转折点的部分进行描写，以紧凑的叙述展现故事的高潮和结局。这样的处理方式使得微型小说能够在较短的篇幅内呈现出引人入胜的故事情节。

在环境描写上，微型小说往往选择对故事发展具有关键影响的环境因素加以突出，而不是进行详尽的背景描绘，环境描写在微型小说中更多地起到衬托和推动情节发展的作用。

（三）微型小说的叙述结构过程

因为微型小说的文体特征，其叙述艺术在遵循小说叙述一般规律的同时，又对小说一般规律的叙述艺术进行了解构，并进行了符合其文体特征的叙述建构，这一过程可称为微型小说的叙述结构过程。

芬兰作家凯·米科隆认为叙述即旅行，他说："小说家是带你去旅行的人，穿越时间的旅行，穿越空间的旅行。小说家带领读者跃过一个豁口，使事情在无法前进的地方前进。"

"叙述旅行"理论给我们提供了以曾经的生活经验去揣摩或体验空间和时间中的叙述结构过程。作为微型小说的"叙述旅行"是这样的：

"旅行者"没有把更多的目光停留在沿途的风景，也无暇过多地沉浸在内心世界，他出发、行动、遭遇、打破、成功、失败、完成、运作、折返……没有人过多地注意他的外表，也没有过多的人参与进来。在这场略显孤单的旅行中，时间和空间有时显得空旷，需要我们用想象去填充、判断，有时显得拥挤，需要我们用思考去分解、体悟，但由于"旅行者"及其旅途事件的特异性，这注定不是一场平淡的旅行。

就是这样，相比中长篇小说“旅行”的漫长、广阔、繁复而令人印象深刻，微型小说的“旅行”短暂、紧凑、简约而余韵无穷。

三、微型小说叙述艺术的后经典叙述学探讨

后经典叙述学，相较于经典叙述学，更加注重跨学科的交流和对话，关注读者、语境、文化等因素对叙述的影响。微型小说作为一种独特的文学形式，其叙述艺术在后经典叙述学的框架下展现出了丰富的内涵和特色。微型小说以其短小精悍的篇幅，往往能够迅速抓住读者的注意力，通过独特的叙述手法展现深刻的主题和内涵。微型小说文体得到越来越广泛的社会认可，在很大程度上得益于后经典叙述学所强调的读者参与和文化语境的融入。

在后经典叙述学的视阈下，微型小说的叙述艺术不再局限于单一的文本结构或叙述技巧，而是被置于更广阔的文化和社会背景中加以考察，为微型小说叙述艺术的研究提供了新的视角和思路。

（一）重构微型小说叙述艺术舆论场的必要性

从20世纪80年代微型小说的文体自觉以降，几十年间，微型小说的发展经历了几大标志性事件，1983年，汪曾祺的微型小说《陈小手》在《人民文学》9月号首发，后此篇获“1983年全国优秀短篇小说奖”；1984、1985年，《微型小说选

刊》(创刊时为《中国微型小说选刊》)、《小小说选刊》分别在江西南昌、河南郑州创刊；1985、2008年,《1984中国小说年鉴：微型小说卷》(中国新闻出版社)、《中国新文学大系(1976—2000微型小说卷)》(上海文艺出版社)先后出版；1992年，中国微型小说学会在上海成立；2010年，第五届鲁迅文学奖在评奖条例中明确了小小说可以以结集形式参加短篇小说类评奖；2018年，冯骥才微型小说集《俗世奇人》获第七届鲁迅文学奖。

上述事件在微型小说界产生较大影响，对微型小说的文体发展起到了一定的促进和推动作用。其间，1986年《天池小小说》、1993年《小小说月刊》、2010年《微型小说月报》等专发微型小说的期刊陆续创刊，1990年《百花园》明确为小小说文学刊物；2002年，首届“全国微型小说(小小说)年度评选”活动举行(2015年更名为“中国微型小说年度奖”),2003年，首届小小说金麻雀奖设立；2005、2013年，河南省郑州市“中国郑州·首届金麻雀小小说节”、湖南省常德市武陵区“首届武陵国际微小说节”分别创办。这一系列事件，对微型小说文体发展亦起到推波助澜的作用。

但是，假如我们以更为清醒的眼光审视，就会发现一些在微型小说圈子内被津津乐道的事件，在圈子外是另一种呈现。汪曾祺和冯骥才的作品获奖，《陈小手》是被作为短篇小说作品看待的，《俗世奇人》也是被列入短篇小说文体大类里的；一些较有影响的文学刊物，如《人民文学》《收获》等刊发的微型小说作品，也是把其列入短篇小说大类的；微型小说标志性人物和作品屈指可数；一些影响力能够辐射到微型小说圈子之外的文化活动，缺乏与之相应的权威性、连续性。

放眼整个小说界或者更为广阔的文学界层面，就会发现微型小说这一文体，就像生长在森林间隙的一棵幼苗，其形微矣，其貌卑矣，其声弱矣。虽然业界常言“当代中国小说的创作格局，由传统的长篇、中篇、短篇‘三足鼎立’，扩展为包括微型小说在内的‘四大家族’”，但微型小说这一家族常以依附短篇小说家族的形式存在，离真正的自主自立自足尚有一定的距离。

微型小说本体“自我”感觉良好，微型小说之外“他者”认为未必。这是微型小说文体不得不面临的生存现状。究其原因，系因微型小说仍未获得整个文学界或者更为广阔的社会层面的文体认同、艺术认同和价值认同的结果。

微型小说创作的热闹与学术研究的冷清存在着反差；微型小说的文体价值，与官方层面对微型小说的文体认同存在着落差；微型小说的发展现状，与大众层面对微型小说的认知存在着偏差。因此，从上述问题域出发，重构微型小说视域内外的叙述艺术舆论场十分必要。

（二）建立微型小说叙述话语体系的可能性

根据法国叙述学家热奈特的观点，“故事”与“话语”构成了叙述的两大核心要素。“故事”通常指的是“叙述世界/叙事的内容层面”，而“话语”则代表“叙述世界/叙事的表达层面”，它们共同构成了“讲什么”与“怎么讲”的关系。

当前对于微型小说文体的研究，更多地集中在经典叙述学层面，仅止步于文本内部，将微型小说的叙述艺术研究变成了单纯的文学技巧欣赏。其实，如果分析文本的结果既不能从新的角度对文本有新的发现，又不能用新的观点对叙述理论有新的阐释，那么，这些研究也多是意义无多的重复劳动，只不过为既成的理论增加一个文本论据罢了。

即便在后经典叙述学层面，我们当下的微型小说叙述艺术研究，不仅与国外叙述学最新研究模式缺乏有效呼应，而且研究范式显得陈旧，研究角度显得狭窄，就是与国内的文学研究相比，也缺乏新意和力度。

微型小说理论研究的滞后，造成理论话语的滞后，理论话语的滞后造成话语权的缺失，从而也造成了无法从理论层面对微型小说以及其他体式小说文本创新产生更大的影响。这亦是微型小说在整个文学界“无感”的一系列因果之一。

任何理论研究均须能够作用于当下方才有其价值。业界对从“讲什么”的角度加强微型小说与社会发生更为深刻和广泛的关系，已有足够的重视。但是，对于从“怎么讲”的角度建立微型小说的话语体系，并以此提高微型小说在小说界甚至整个文学界的话语权，却被有意或无意地忽略了。

要改变这种状况，笔者以为目前须从三个方面着手。

一是建立以文体认同为主题的微型小说学术话语体系。深入剖析微型小说的文体特征，理解其在文学领域中的独特地位，并基于此构建一套既符合微型小说本质又能够融入更广泛学术语境的话语体系。

二是建立以艺术认同为主题的微型小说官方话语体系。进一步奠定微型小说为小说家族独立文体的地位，获得与长篇、中篇、短篇小说同等的地位。

三是建立以价值认同为主题的微型小说叙述民间话语体系。充分利用微型小说文艺轻骑兵的特点，开展微型小说相关活动，并充分发挥现代传媒手段，扩大微型小说在民间的传播范围，提高其在公众中的知名度和影响力。

（三）提高微型小说叙述策略的自觉性

这里所说的微型小说的叙述策略，不是以往从文本技巧角度阐述的叙述分析，而是从现代媒体的众声喧哗之下，微型小说如何从跨媒体传播到跨文体衍生开发的广泛叙述策略。这关乎微型小说创新对外传播方式，提高微型小说文体影响力，丰富微型小说产品形态，构建微型小说话语体系，塑造微型小说文体“合法性”与“正当性”的整体叙述策略。

一种文体要获得认可，一是要有相当数量的作品文本走进公众视野；二是要有既能够在当下得到热捧，又能够对后世产生影响的经典作品文本；三是这一文体要能够得到批评家、学者等专业人士的评价和认可；四是这一文体必须具有一定的传承性，能够在不同的时代和地域中流传下来，被后人继承、发展和创新，成为文学史的一部分。

在当下，随着媒体形式的多样化和文学创作的多元化，跨文体叙述已经成为一种重要的创作趋势。微型小说要提高其文体影响力，从泛叙述层面上提高微型小说叙述策略的自觉性应该是其文体发展的题中之义。

一是文本生产“专业化”。微型小说由于其篇幅短小，故其生产给人以“操之甚易”的错觉。须知，阿·托尔斯泰在说“小小说，这是训练作家最好的学校”之前还有一句话，即“小小说，这是最棘手的一种艺术形式”。只知前者不知后者的结果，就是认为这是一条走上文学康庄大道的便捷途径，“小小说之道”的拥挤，加之现代媒体传播的便捷，充斥媒体的一些类似于“鸡汤文”的“业余”作品文本，难免给人以泥沙俱下的感觉。

要从根本上改变这一状况，就要求创作主体要放弃自身习惯性叙述套路和通常范式。公共关系与传播学研究者陈先红认为：“当今世界正进入人类文明系统重置的关键时刻，谁能够站在元叙事的立场上，获得系统话语重置权，谁就能够在新的生态龛中成为领导者。”元叙事作为对一般性事物的总体叙事，是具有合法化功能的主导叙事。微型小说应有意识地将元叙事作为底层叙事，在其文本叙述中，关注社会现实和人性问题，切实关注受众的期待视野，诉诸受众的情感认同，立足价值传播，通过作品传达出对社会的深度思考或对人性的先验探索。

在外在表现形态层面，微型小说在对小说叙述艺术解构之后，应进行具有自身文体特色的重构。微型小说，应该是小说家族的“精致文本”。

二是文体塑造“品牌化”。这里所说的“品牌化”不仅仅是指打造几部知名的作品，更是指通过一系列的策略和行动，使微型小说在读者心中形成独特的印象和认知，进而提升整个文体的影响力和吸引力。

品牌作品是文体“品牌化”的基石。微型小说需要一批能够成为一个时代阅读标杆的代表作，如陈启佑的《永远的蝴蝶》、韩少功的《青龙偃月刀》、苏童的《老爱情》等，这些作品经受住了时间的考验，成为大家熟知、经常引用的经典文本。这些作品，不仅以自身高超的艺术性赢得读者的喜爱，而且获得整个文学界的认可，从而在一定程度上推动了这一文体的发展。

品牌形象是文体“品牌化”的关键。这里所说的品牌形象主要是指作品文本所塑造的虚拟人物形象。通过塑造具有代表性和辨识度的虚拟人物形象，如《陈小手》中的陈小手、《苏七块》中的苏金伞、《莲池老人》中的杨莲池等，都在众多读者的传诵中成为微型小说的标志性符号，读者在提到微型小说时就能够联想到这些形象。这种品牌形象的建立不仅有助于提升微型小说的知名度和美誉度，还能够吸引更多读者关注和阅读微型小说作品，从而有助于提升微型小说文体的影响力和吸引力。

三是媒体传播“衍生化”。在当代传播语境下，作家应具有跨文体叙述能力和跨媒体叙述的自觉性。微型小说不应仅仅局限于单一的文本形态，而应积极探索与其他文学形式、艺术形式乃至文化产业的深度融合，形成多元化的产品形态。美国写作学者拉里·布鲁克斯指出，正如自然界无可避免地受到万有引力影响那样，在文学世界中也存在普遍适用的、潜在的故事力量，他称之为“故事力学”。循此思路，笔者以为，一个优秀的作家，应该具有跨文体叙述的能力，他可以从小说中汲取情节设置的构思灵感，从散文中借鉴细腻的描写手法，从诗歌中汲取语言的空灵内涵，将这些元素巧妙地融入自己的作品中，使之呈现出独特的艺术魅力。这种能力我们可以称之为“叙述力”。“叙述力”不仅仅是指作者文本内部构造的能力，还应该包括作者跨媒介叙述的自觉，即作者要具有将自己的文学作品转变成适合影音传播、舞台传播、网络传播等衍生传播的能力。

跨文体叙述能力是提升微型小说艺术魅力的关键。优秀的作家应该能够汲取各种文学形式的优点，将不同文体的叙述手法、情节设置、语言风格等元素融合到自己的作品中。这种跨文体叙述不仅丰富了微型小说的表现手法，也使其更加具有层次感和深度，从而吸引更多读者的关注和喜爱。

跨媒介叙述的自觉性是微型小说媒体传播“衍生化”的重要前提。作家需要意识到，在当前的传播语境下，文学作品的传播不再仅仅依赖于传统的印刷出版方式，而是可以通过影音传播、舞台传播、网络传播等多种渠道进行。因此，作家在创作过程中就应该有意识地考虑如何将自己的作品转化为适合这些媒介传播的形式。

微型小说与其他文学形式、艺术形式乃至文化产业的深度融合是实现媒体传播“衍生化”的有效途径。通过与其他文学形式进行互动和融合，微型小说可以借鉴其他文体的优点，丰富自己的表现形式和内涵；通过与艺术形式结合，微型小说可以转化为舞台剧、电影、动画等更加直观和生动的表现形式；通过与文化产业结合，微型小说可以开发相关的衍生品，如游戏、玩具、服装等，进一步拓展其商业价值和市场影响力。

微型小说媒体传播“衍生化”切合当下多媒体融合传播的发展趋势，具有广阔的前景。通过提升作家的跨文体叙述能力和跨媒介叙述自觉性，以及加强与其他文学形式、艺术形式和文化产业的深度融合，微型小说可以更加广泛地触达受众，提升其社会影响力和文化价值。这不仅有助于推动微型小说文体的发展和创新，也为整个文学界和文化产业带来了新的发展机遇和挑战。

作家该以怎样的“姿态”介入时代

——刘斌立微型小说集《东归》读后

近日，读到青年作家刘斌立的微型小说集《东归》，其间，常常被氤氲其间的某种情愫所感染，以至于每每要将思绪从文中抽离出来，以疑惑的目光打量眼前的文字：设若，作家就是他小说中的人物，该会怎样？

在作家将自己幻化其间的叙事中，不论是在叶卡捷琳堡求学，即将和心爱的女孩东归的蒙古族学子巴尔图雅，还是从加拿大桑贝德小城带着父亲的骨灰，魂归达里诺尔故里的异乡游子；不论是辞职返乡，帮父亲转场的哈萨克青年乌尔达拉克，还是混迹在邛海边酒吧，救助彝族女孩的潦倒摄影师，每一个“我”都在与时代的融合触碰中，无形中消解了流俗想象中的“诗与远方”。

是的，当代中国，现代科技的进步与管理方式的发展，推动着社会的快速转型与高速前行，西方社会数百年蹒跚走过的路程，我们往往在几十年中便快速通过。在这一过程中，生活环境的变化、个人角色的转换常常让人应接不暇，社会发展的不均衡，个人又多是被挟裹其中，或离家打工，或外出求学，在主动或被动脱离安稳生活、寻求别样人生的过程中，个人生活的隐痛与社会转型的阵痛双重叠加，造就了一代又一代人集体无意识的创痛感、失落感与无助感。特别是田园牧歌式的家园场景被现代工业场景所侵袭、替代，那种脱离少小熟悉环境与惯性日常的变化，更是让这种创痛来得更强烈和持久。从这个角度审视刘斌立《东归》中的微型小说，就有了别样的意义。

鲁迅先生曾说，真的勇士，敢于直面惨淡的人生。对于作家来说，直面真实的生活，通过作品表达对时代对生活独到的认识与评价，是作家的职责。刘斌立这本微型小说集中的人物，大多是“处江湖之远”的底层角色，他们因种种际遇，被生活所阻隔、所困惑，在他们努力想要跟上时代步伐的同时，又难以割舍既往。一方面是迎接现代文明的冲动与欣喜，一方面是失却田园牧歌的失落与伤感，对于这些大时代下小人物的典型际遇与典型表现，作者在“直面生活”叙事的同时，不是外来者的旁观，而是生活其间的“在场”。即便是已逝去的“我”，也要通过回溯“我”在世时与恋人共游南国海岛而将自己置身其间。作者如此热切地以参与者的身份经历故事，而不是以旁观者的身份讲述故事，通过“我说”而不是“他说”，在给作品增加真实性和感染力的同时，亦构建了大时代下一个个普通人的个体精神范本。

当下的我们，正经历从农业时代奔向工商业时代的过渡时期。有幸目睹这一宏大历史变迁，如果我们的作家仅止步于这一转型时期社会学层面的文学表达，则似乎陷入了对于社会机械镜像反映的循环往复。

毫无疑问，每一次社会转型都意味着时代的加速向前。但对于置身其间的每一个“个体”而言，离开了惯常的生活，进入一个陌生的社会环境，必然会被新的社会板块所碰撞、挤压，或多或少有过人生的无奈和心灵的创痛。经历这一切后的个人心灵疏解，是一个带有群体性的问题。

在刘斌立这本微型小说集中，总能让人读到隐身在叙事后面的“我”来，这一个个“个体的我”，或游走于社会的底层，或徘徊在时代的边缘，抑或被生活所挟裹，奔波流离，身不由己。即便现实中刘斌立本人，也大都是在行走的途中完成这些文字的。作为一位作家，刘斌立的可贵之处在于，他笔下生活于大时代中每一位“个体”的精神范本，尽管泥土已经翻遍他们的身体，历经风雨，却依然流露出坚韧、从容和豁达，没有被消解成灰暗的存在，尽管艰难，他们依然完成了个体生命从生活向度向精神向度的转变，从而让丰沛的生命有了温度，让脆弱的心智有所依托。于作家本人来说，在完成他笔下人物塑造的同时，亦相应地完成了自我救赎。基于此，我更愿意说，刘斌立的微型小说写作，本质上是抒情的，他是一个有情怀的作家，而相较于才华，作家的情怀更为重要和可贵。这也是处于这样一个大时代，一位作家的应有“姿态”。

从俗世奇人到都市凡人

——安谅微型小说集《你是我的原型》阅读札记

微型叙事，从上古神话、六朝志怪、明清笔记，到当今的奇人异事，虽然叙事体式一路嬗变，但奇、异、怪的叙事特性却如源泉流水，一脉相承。这些俗世奇人以及奇人异事的精彩演绎，丰富和发展了古典叙事的内在神韵和精神气势。

如今，微型叙述这股源头活水一路蜿蜒，更多地流向田野阡陌、商埠街肆，洗濯着普罗大众身上的人间烟火，使一个个隐身于街头瓦肆的日常小人物形象陡然鲜亮起来。安谅先生的《你是我的原型》，即是其中之一。

在安谅的笔下，关注的大都是小人物，但品味其叙事底蕴，彰显的却是大情怀。在社会扁平化、同质化的今天，小人物更能体现出个体的精神特质与地域特色，他们的个性存在，为文学构建了具有个性特色的精神性场域。

应该说，当今时代，哪怕一介布衣凡夫，物质生活的困顿不能说是没有，但已不是主流；人们所遇到的，更多的是社会环境下的精神困窘与疑难。而在现代经济大潮的冲刷下，如何守住个人心底的人性光辉尤为艰难与可贵。安谅笔下相当数量的小人物，正是体现了这种境况下，个人如何以善良的柔软对抗现实的坚硬。在小区里修鞋的老鞋匠、给老板开车的司机老马、菜市场里做临时协管的单身老王等，这些贩夫走卒、引车卖浆者流，平凡、卑微，却又让人印象深刻，心生敬意。《你穿这鞋不合适》中的老鞋匠，通过少妇与妙龄女修理同一品牌的高档鞋子，洞察到她们被同一男子耍弄，以“你穿这鞋不合适”一次次委婉提醒；《司机老马》里，老马情愿辞职也不愿以过人的车技制造交通事故以成全富二代老板的私欲；《单身老王》里的王宝强，虽薪资微薄，却心怀善念，低调助人……

塞林格在其名作《麦田里的守望者》中写道，一个貌似玩世不恭、厌倦现实的中学生，想象悬崖边有一大块麦田，他要站在悬崖边做一个守望者，专门捕捉在这里玩耍的孩子，防止他们掉下悬崖。在我看来，作家就是人们“心灵麦田的守望者”，他们守护着那些隐藏在人们内心深处、容易被忽略的人性微光，并以文字的温度，温暖读者。

不论无心抑或有意，安谅确曾是走进了这样一块“麦田”，他通过这些司空见惯的生活场景，发现并发掘那些普通人身上所发散出来的细微而隐秘的品质，并为我们提供了可资审视的精神范本。

在安谅的笔下，描绘的大都是小场景，但透视其叙事空间，承载的却是大社会。安谅以极其“形而下”的生活场景和氛围，隐喻、凸显的却是“形而上”的关于现实和人性的思辨。

卡弗说，重要的是那些被省略被暗示的部分，那些事物平静光滑表面下的风景。《鱼翅捞饭》主要人物仅仅两个，一个父母是小公务员、喜欢吃鱼翅捞饭的中国学生，一个父母是亿万富翁、拒绝吃鱼翅捞饭的美国学生。犹如一出独幕剧在一间中国家庭客厅这一狭小的生活场景上演，作者以近乎白描的手法将这一过程呈现出来。这种简约主义式的笔墨，使作者的文字具有了隐藏在冷静叙述背后的情景张力，这种张力在看似客观的文字中间蔓延开来，最终氤氲成令人慨叹的宏大生活图景。《看不见自己影子的人》看似荒诞，实则是一个公安侦察员，对因影子暴露行踪，为救自己而壮烈牺牲同事的痛苦自责的心理反射。这种超越了故事本身的叙事，由此具有了书写生命厚重的审美意义，在一个更高的维度上再现了作者所表现主体的生命之美、人格之美。

就生活的平常、平凡、平庸而言，每个人光鲜的生活背后也许都是一地鸡毛，他们共同构成了社会的纷繁驳杂，安谅通过一个个个体生命的“生存场”，折射出社会、人性和生存境况的多极性与饱和度，既引人抚卷喟叹，又令人掩卷深思。

在安谅的笔下，讲述的大都是小故事，但梳理其叙事维度，反映的却是大变化。坚持眼睛向下的“底层叙事”，通过那些充满个人命运的生活现场和情境，看似小情小义的琐碎表达，其所指向的，却是现实生活的坚硬与时代发展的趋向。

《明星班趣闻》以老友阿健的婚事起笔，以明星班各人婚姻聚合生发，至最后一对相互厮守的老同学结尾，他者诉说式的铺陈，观念的变化，人生的变故，社会的变革，时代的变迁，以一种“生活在别处”的形式得到不动声色的演绎。《装修后的理发店》叙事情节则更为简单，以故事主人公几次到同一理发店的消费经历，既表达了对于社会发展演进的欣喜，也暗喻了某种无奈。不可否认，即便物质高度发达的今天，作为单一个体来说，仍存在着抵抗生活的艰涩与艰难，仍存在着疼痛与隐忍的生活体验。安谅以他的小叙事，让我们“窥见”了这种“隐痛”，以及社会发展对某一群体的某种“困窘”。

安谅的微型小说，并不注重故事情节的讲述，他更着意故事背后站着的那个人，并通过“那个人”所生活的场域，展示其生活境况。他只负责描绘水面上冰山的八分之一，而其余的八分之七，则由读者去补充。而这也正是微型小说的魅力之所在。

好的作家，不仅是给读者提供好的阅读文本，更为重要的是，能够提供文本背后的思想与意蕴，引领读者穿越文字，去感悟和感触他所不曾感受过的精神境地。应该说，《你是我的原型》中的某些文本，提供了这种可能。

从俗世奇人到都市凡人，安谅的微型小说，应和了当下微型小说的创作态势，即叙事语境更多地驻留在普罗大众身上，而这应该是我们的作家，当然也包括微型小说作家一如既往守护的初心。

动物的病痛与人类的解药

——解读《马语者》的叙事语境、情境与理境

作家申平的动物主题微型小说集《马语者》，无疑是一部成功之作，成熟的作品文本、鲜活的人物（人以及拟人，下同）形象，并以巧妙的叙事策略给人以愉悦的阅读体验。然而，这仅是就作品文本而言。笔者总以为那些读来引人入胜的叙事审美背后，似有作家潜行在文本深处的别一种意绪。

一、苟安与惶惑：人类社会的动物镜相

任何动物小说，其实都是关于“人”的叙事，只不过是换了一个角度。阅读《马语者》，小说中一个一个动物主角所遇到的困境，其实也是我们人类自身面临的问题。21 世纪的地球村，战争、瘟疫、环境污染……人类遇到的生存困境一点不比动物少，在某些区域某种程度上甚至比动物还要惨烈。苟安与惶惑是人类与动物生存处境的共同写照，这不是笔者的危言耸听，而是生态现实的真实境况。这样一种现实底色自然也构成了《马语者》作品文本的叙事语境。

《羊族秘史》虚构了绵羊家族在远古还是一种凶猛的肉食动物，但由于羊王的故步自封、耽于逸乐，羊族退化为草食动

物，沦落为其他肉食动物的猎物。在面临生存危机的时刻，投奔人类，从富于进击意识处于食物链顶端的生物，一步步堕落为苟且偷生、任人宰割的可怜虫。

羊族的退化过程，某种程序上也是人类“进化”过程的镜像。从文化社会学的角度，人类进化到今天，在物种的“智”的层面的跃升，没有任何生物可以比肩，但作为个体生物的“力”的层面的失却也是相当明显。仅仅如此，尚能以现代化的工具来弥补、替代，但动物间那种狩猎时的密切配合、全力以赴，为族群生存需要自我牺牲时的义无反顾，对于今天的人类来说，就因稀缺而显得尤为难能可贵了。

《野狼谷》则是动物生存的另一种版本。黑狼群体为了有尊严地生存，与人类斗智斗勇，最终逃出生天，回归自由。

狼的形象其实是人类形象的另一面镜子，作为个体的狼，既有智慧、果敢、坚忍的一面，亦有残暴、凶狠、狡诈的一面。当然，这些生物特性系因其生存境遇以及千百年来为物种衍续进化而来。设若将这一过程投射到人类社会层面，尤其值得我们做进一步的思考。如何对我们惯常的传统思维与底层逻辑进行扬弃，在保留优质内涵的同时，如何更多地发扬和融入团结、进取、创新等精神向度，增加一些必要的“狼性”，亦是这面“镜子”给予我们的另一种思维启发。

动物的困境亦是人类的困境，这既是《马语者》给我们的阅读启示，也是人类面临的现实情况。羊的妥协与狼的进取，皆是其面对生存困境的现实选择。当然，之后的境遇也是选择的结果。然而，人类社会面临的肯定不是非此即彼的二重选择，远比动物界复杂艰深。

英国动物学家德斯蒙德·莫利斯在其比较动物学著作《人类动物园》中指出，现代都市实则无异于囚禁人类的动物园。人类从远古小型部落的群居，到今天的超大型社会生活，环境急剧变化的同时，人类却还来不及完成生物学意义上的进化，来不及演化成为在基因层次上文明化了的物种，行为模式仍然和远古部落狩猎时如出一辙，变化了的只是程度的加深。

《马语者》从人类的角度阐释动物的行为模式，与《人类动物园》从动物的角度阐释人类的行为模式，其实是动物学家与小说作家从不同角度共同关注到了人类生存困境的异曲同工。如何对待动物就是如何对待我们人类自身，人类应从动物身上看到自身的生存困境，可以说是《马语者》给予我们的思考收获，或许，我们可以更进一步把这理解为对人与动物共同生存困境予以足够的关注，继而走向生存自觉的深刻警示。

二、感伤与敬畏：潜行在虚构文本之下的非虚构情感

在作家申平的笔下，动物是有感情的，会思考的，能够做出理性或情感选择的，这种把个人情智代入其中的叙事模式，本质上是作家另一种方式的情怀抒发。

《老辕马》一文写“我”夜访黄岗梁，希望录得老辕马和主人王大鞭子的魅影，最后不得而归的故事。在这篇颇具传奇色彩的小说里，老辕马两次拼死救主，最后人与马双双殒命人类废弃的矿坑。此前，如果不是人类毫无节制地滥采滥伐，王

大鞭子和他的老辕马本可以于田园牧歌式的境地安享晚年。在这里，王大鞭子是一个意味深长的存在。生产队的解体代表着一个时代的结束，现代化的车轮碾碎了他与老辕马的田园牧歌，辛劳一生、重情重义的王大鞭子成了时代的弃儿。结尾，作者不无叹惋地写道：

> 我把车子开得很慢很慢，借着明亮的车灯，我搜索着每一寸路面，我多么希望，王大鞭子和老辕马，真的能突然出现啊！

《老辕马》给我们留下很多值得思考回味的东西，人类在快速前进的同时，如何给蹒跚行走的特定群体以适当的人文关怀，现代化进程是否必得以美好事物的失却为代价？

好在时代已经给出了明晰的答案。

如果说在《老辕马》中，人与动物还是相依为命的伙伴状态，那么，在《河流》里，人与动物已经上升到同生共死的战友境界。在这篇带有浓厚魔幻现实主义色彩的小说中，我与大象、猴子、野猪、狗熊、野狼等动物并肩作战，共同阻隔森林大火，又不离不弃，相携逃往安全境地。这样的危险关头，人与动物不仅仅是和谐相处，而且共同面对肆虐的自然，形成了共存共亡的命运共同体。

然而，细究这场造成人与动物争相逃命的根本缘由，是由于人类社会发展的现代化进程，人的力量逐渐强大而丧失了对于自然的敬畏之心所造成的。

其实，源远流长的中华文化，不论是老庄的天人相混论，还是孟子的天人合一论，甚至荀子的人定胜天论，其精神实质都是主张人与自然的和谐相处，相互依赖。千百年的农耕文化，中华民族的血液里，熔铸了与生俱来的善良性格、质朴无华的悲悯情怀，积淀了深厚的人与自然相互依存的共生关系和浓郁的人与动物命运共同体意识。《河流》以文学的笔法较为形象地诠释了这一理念。这也是申平相当数量动物主题微型小说作品文本背后的精神指向。

三、纠结与犹疑：生存愿景与生态现实的悖反映照

人类对待动物，一直是抱着一种实用主义的态度，早期是“工具”，现在更多的是食材与伙伴。

《寻找头羊》描述了“我”本想寻找一只能够帮“我”放牧、看家护院的头羊，但由于新买的头羊不愿驯服于我，最终死在我的刀下，这样一个惨痛的故事。

这篇小说表面上的叙事线索，是表现羊的顽强、倔强以及对于原主人的留恋与忠诚，但内里层面却是鞭挞“人”的卑劣与自私。作为“人”的“我”，想要的并不是一只头羊，而是一个听命于我、为我所驱使的奴隶。这也是相当一部分人甚至一些宠物爱好者对待动物的态度。人类所一厢情愿给予的，其实是大多数动物不需要的“爱”。这种人类实用主义态度的纠结，造成了动物与人相处的犹疑，甚而成为动物生存愿景与生态现实的悖反映照。

《野兽列车》写赶上最后一列地铁的“我”，惊恐地发现同车的都是动物。“我”从刚上车的惊恐，到发现动物对于人类

的恐惧，得寸进尺的“我”从恐惧到得意，从得意到忘形，最后被动物合力围杀。故事虽不复杂，读之却惊心动魄。本可相安无事的人与动物，却因人的无知狂妄，落得离奇死亡的悲惨下场。

不论《寻找头羊》中羊的死亡，还是《野兽列车》中人的死亡，皆是由于人类一方的缘由，人与动物为敌的结果大都是得不偿失。反之，像《拾鹿角》《中国狼》中那样，人与动物和谐相处，动物不仅能够给人带来意外的惊喜，还可以与善待它的人同仇敌忾，抵御外寇。不同态度的不同后果，值得人类深思。

纵观世界文明兴衰的历史进程，不难看出，不少文明的衰落，最根本的原因是没有处理好人与自然、人与自身的关系。如玛雅文明的衰落，其中一个很重要的原因就是玛雅人为了满足人口的粮食需要，无限度地开辟耕地，大量砍伐和烧毁森林，水土流失日益严重，耕地生产能力严重耗损，玛雅文明因此失去了赖以生存的农业基础而走向衰落。《马语者》中的许多篇章亦给予我们以同样的警示。

《马语者》收录的36篇微型小说，以人与动物多种关系的复合叙事，描绘了一幅幅人与自然不同关系导致的不同走向与结局。相对轻松的阅读背后，给读者留下的，是一个个值得进一步思考的沉重话题。人类的解药不仅是之于动物的病痛，也是之于人类自身。这也是《马语者》作为一部文学作品的社会文化价值所在。

当然，如何摆脱动物主题文学作品的惯性思维，摒弃人物形象塑造的“脸熟感”，增加人物形象的丰富性，塑造出更为独特的“这一个”；同时，在更高的维度上思考人与自然以及人与自身的关系，并把这一极富现实意义的宏大主题，以独具特色的文学形式呈现出来，是一个值得作家与评论家共同关注并进一步探讨的课题。

述史与志人：叙述困境的消解与突破

——读《黑蝴蝶》兼谈微型小说美学精神的失却与重构

春意阑珊，收到谢志强先生的微型小说集《黑蝴蝶》。午间小憩，随手翻阅，不觉沉醉其间。

《黑蝴蝶》文笔闲适、散淡、随意，没有刻意经营小说的故事情节，甚至也不十分着意人物的刻画，而是用一种随意、平淡甚至白描的语言叙述事件。这是我读这本以江南小城余姚的古代人物为题材小说集的第一印象，感觉像在阅读一篇篇充满诗意的散文，或者一首首具有散文韵味的诗歌。

这样一种散淡的文本结构，打破了以往小说惯常的起承转合的叙述模式，摒弃强调故事生动、人物形象的戏剧冲突式小说推进手法，诗性的叙述建构了一种古今同在的共时性美学空间，并在这样的空间意境中神交古人，走进他们的生活，也让他们走进我们的心里。《黑蝴蝶》这样一种笔记体的叙述方式，似是夏夜无眠，几个人围坐一起闲谈巷陌，就在作者看似漫不经心的讲述中，那个勤俭持家、胸怀宽厚的主妇王博颊正穿越历史的烟尘活生生地走来；也了解到吴越之地祭祀的灶王爷，其原型是一个喜欢“小弄弄”（赌博）的败家子……虽然隔着数千年时光，但是，那些吴越之地的生活场景、民风民俗、乡言土语、家什用具等，都经由作者的叙述立体化地呈现出来，人物也在这种颇具生活质感的场景中活了起来。虚实结合的手法，颇为符合鲁迅先生所说“只取一点因由，随意点染，铺成一篇”。

由来历史叙述遵循“信史”还是“虚构”，一直是双向取舍，各有其说。其实这本不是问题，历史叙述中“再现什么”和“如何再现”，首先服从一定的文化语境，其次才是作者的“私人叙述”。是以既有左丘明借他人之口，称《春秋》“微而显，志而晦，婉而成章，尽而不汙，惩恶而劝善”的“春秋笔法”为史述之范；也有王安石斥之为“断烂朝报”的不堪。之所以对同一典籍看法迥异，既不是左丘失明，也不是临川妄言，而是各人均看到问题的一面，左氏称颂的是笔法，王氏痛贬的是史述。作为改革派的王安石，看不惯的其实是作为旧体制维护者的孔夫子文笔背后的思想和立场。

《黑蝴蝶》智慧地避开了这种历史叙述的背离，选择了“虚肉实骨”的艺术手法，即其人其事是其骨，遵循史实；充斥在其人其事中间的生活细节、心理活动是其肉，杂以虚构。这于历史叙述固然是一种较为聪明的取舍，但实操起来并不好把握。史载人物和文学形象，遵循的是全然不同的运行逻辑，史家要求的是拂去历史的烟尘，返本还原；小说家追求的是再造鲜活的文学形象，独具特色。作为文学作品的小说，其历史叙述的要点不在于是否真实，而在于叙述的主旨，以及在这一主旨辉映之下的人物形象。一如谢志强先生所言，我写故乡古人的初心，其实是想通过古人观照现在，把古人纳入当下的现实社会，来影响现实。这应该是作者写作本书的初心之所在。

史家著史一般遵循“常事不书”的原则，但《黑蝴蝶》所选之史事，大多为入不了正史的“常事”，作者以披沙沥金的匠心，力求在细沙般琐屑的历史尘埃里，找寻出人情人性人生的诗意辉光，映照当下。当然，除了颇为精当的历史取舍，《黑蝴蝶》的可贵还在于令人回味无穷的诗性叙述。

《祖父的脊背》简约的题目蕴含着令人想象的寓意。叶祖山在庭院里弯腰赏花，却忽然被一个径直闯进的男子在背上拍了三下。叶祖山的儿子叶国禧正欲拦下离开的男子斥问，其父却令放行，并颇有意味地说：“人与人之间，要有座桥，供人过。他拍我的背，就是过桥。”不料，傍晚却传来男子身亡的消息。原来，叶家为姚城望族，男子与人打赌，谁能辱弄叶老头，可免除酒钱。男子事成之后，饮酒过度身亡。作者的用意借由主人公的对话说出，人生的无常中蕴藏着因果，善恶福祸，皆来自自身的修为。简单的叙事，却蕴含着深刻的哲学命题。像这篇《祖父的脊背》一样，《黑蝴蝶》里还有诸如《花在人在》《一夜之劫》《三人行》等富于哲理思辨的作品。

作为心学集大成者的阳明故里人，谢志强善于通过文学感性的形式，来表达自己对人生和生活的哲学理性思考。他在本书后记《我为何要写故乡古人》一文中更是表明：“作家应当以文学的方式维护起码的常识底线，像麦田里的守望者。”《祖父的脊背》告诉我们，善意善行是一座桥，渡人渡己，避祸免灾。以强烈的社会使命感，通过文学叙述以达于教化，古已有之。先秦《庄子》以教化为目的的寓言十之八九，国外伏尔泰、萨特更是通过小说来阐述自己的哲学观点，以小说的形式来为世人建构最基本的世界观。有学者把以小说作为表达哲学观念的感性形式称为“思之诗”，《黑蝴蝶》中包括以上所举篇什，均可作如是观。

历史叙述，既要遵循史实，又要遵从内心，于叙述者来说其实很费周折。在文史一体的古代，即便如《春秋》者，其实亦根据作者的价值取向做了极大的“自由发挥”。但好者好极，恶者恶极。及至目下，文学家笔下的历史叙述仍在“信史”还是“虚构”之间徘徊，首鼠两端，或者机械地呈现史实，或者恣意地架空虚构。以文学的笔法写历史，或以历史的思维写小说，均不得法。以至于著名作家朱苏进不无偏激地认为，凡是历史学家叫好的作品，几乎没有一部是好作品！

无疑，文学作品的历史叙述需要想象的才华和虚构的激情。史料所能提供的，只是骨架和脉络。要想让这些史料重新鲜活起来，以丰满生动的文学形象辉映当下，更多的还是需要作家根据事件逻辑和人物境遇，进行合理的想象和推理。这就是说，让历史的归历史，文学的归文学。基于这样的认识，当谢志强怀着炽热的乡土情结和文人情怀，以一种赤子深情和哲人深邃的目光丈量这一方热土时，作家的神思便开始穿透更为深远的时空，关注、神游积淀于这一片土地上的历史文明。在《黑蝴蝶》中，有大量篇什对姚城所在的吴越文化和历史文明的深情演绎和深度发掘。相信像《主妇王博颊》《约定的高度》《汤圆之夜》里所发生的故事，在古老的中华大地上也会有不同的版本，它们或交织于乡土的故宅古居中，或投影在河流的清清涟漪中。但经过作者的妙笔演绎，这些鲜活的文学形象，便具有了姚城特色，成为姚城历史和文化的一部分。

史实叙述自《春秋》开端，以“微言大义”“尽而不汙”为圭臬；笔记小说于魏晋肇始，以志人志怪为特色。传统的要义在于，它属于过去却不断地作用于现在。既要以史述的“微言大义”“发挥垂训的作用”，又能以小说的生动形象“取悦读者”，《黑蝴蝶》的可取之处在于，以现代思维观照历史，同时让历史照进现实。它以诗性的美学精神融历史叙述、小说叙述于一体，形成笔记体微型小说“新叙述”。其特点大致可概括为：摒弃了古典小说的故事型和章回体的传统架构，汲取了类似散文与诗歌的文体美学，以散淡的语言、松散的结构、绵长的意蕴、诗化的意境，走出了微型小说的经典形态，形成了微型小说的新的叙述模式，构成了微型小说文体新的审美特征，颇有“跨文体写作”的意味。汪曾祺先生的个别篇什如《护秋》《薛大娘》《辜家豆腐店的女儿》等曾有此风韵，《黑蝴蝶》则对此做了进一步的生发和张扬。

亚里士多德曾有一段关于历史叙述与文学叙述之分野的著名论断，即史家“叙述已发生的事”，而诗人“描述可能发生的事”。所谓“可能发生的事”，是“指某人，按照可然律或必然律，会说的话，会行的事”。以此观之，《史记》中除“表”“书”之外，其余如本纪、世家、列传，从文体上来说，也应该属于历史小说的范畴。在这样的中国传统文学语境中走来，作为同样是历史叙述的《黑蝴蝶》，既然作者标明为微型小说，其用意自然还是志人，而不志于述史，更多的还是在史实的框架下，以一个一个以人为起点的小场景，来完成作者对历史过往的复原与再现，并通过这些复原与再现抒发作者的胸臆。作者在叙述中，自觉地遵循小说本位，以对历史独到的把握和发现，以小说自有的逻辑自洽性完成作者特有的诗性叙述。作者的笔墨，没有了传统小说般的汪洋恣肆，而似“丛残小语”般的闲适，即便如《邵基之难》《复仇》等可以写得壮怀激烈的桥段，作者仍是以波澜不惊的笔触，云淡风轻，娓娓道来。但是，轻松的文字后面，却是作者静水流深的用意。作者有意识地以小说为体，以史料为用，以对历史人物的独到发现来有为于现实，从而创造了既在过往的时空里独立自足又烛照当下的人物形象，给人以警示、借鉴、启迪和感化。这些人物形象虽然面目不是十分清晰，但是却有着美术家笔下风俗速记般鲜明的脸谱形象，他，她，他们，经由作者的笔触，像翩跹在时光隧道的黑色蝴蝶，正穿越历史的烟尘来到当下，飞舞在作者诗性的文字中，也飞舞在读者的想象里……

意象与境界：地域文化的呈现与内涵

——读《十里红妆》兼谈微型小说的乡土叙述

通常，我们对一城一地的印象，最先是从诗词中获得的。在没能抵达物理意义上的扬州之前，“故人西辞黄鹤楼，烟花三月下扬州”的怅惘场景，或许已多次盘桓在吟咏者的脑海；苏州之于我们，如果不是生长于斯，“姑苏城外寒山寺，夜半钟声到客船”的旷远神思，一定比我们的肉身率先抵达。

这些挟裹着诗人个性情怀的长吟短咏，建构了我们形而上意义的文化乡土。

近代以降，中国文学从挥洒胸臆的微观抒情为主，逐渐向喻世化人的宏阔叙事流变。

但是，在传统韵文抒情向现代散文叙事迈进之时，中国文学流淌在血液里的抒情基因，以及作者个人倾诉的内在需求，总时不时从叙事的缝隙顽强地生长。作者总是有意无意地把个人对故土旧人的眷恋，寄托在虚构的故事里。

这些，都构成了现代叙事文学的基调。

从这一角度审读宁波作家赵淑萍的微型小说集《十里红妆》，便对其作品中浓郁的乡土叙述有了更为贴切的把握和理解。

一、空间物象下的地域文化

旧时江南有三地以“上”为别称，上海曰“海上”，杭州称“湖上”，宁波为“甬上”。三上者，分别喻为居于海边、湖畔和江岸。相较于东海与西湖为世人熟知，甬江则稍显陌生。实际上，远可上溯河姆渡时期，甬江及其兄弟水系，哺育了生活在宁绍平原的一代代子民。“经原纬隰，枕山臂江”的优越地理条件，造就了宁绍平原江南鱼米之乡的富庶，也孕育了丰厚的吴越地域文化。

《十里红妆》对此多有反映，其作品中描述吴越之地特有的人物与风物，呈现出一系列铭刻着独异地方风情的空间物象和散发着独异生命气质的人物形象。《范大糊》写一个医术精湛、中正耿直的先生，既治病者之身，又医病者之心的大医。虽名为大糊（疯癫痴狂意），不仅和“大糊”毫不沾边，而且因其颇具梅调鼎书法遗风的药方，独绝学林的诗文，几可称为大儒。《跑龙套》则写戏班一个小角色，冒充主角吃客饭受到超规格招待的故事。奶奶知晓了对方是跑龙套的小角色，依然宽厚地说：“那碗饭不好端，谁都想当主角，可是，主角只有一二个。”可见，不论贩夫走卒，抑或引车卖浆，民风淳厚，人心尚古，似可视为吴越之地的集体性格特征。

微型小说特定区域空间物象的建构，难以像中长篇那样辅以细致厚实的风物描摹。上述两篇作品，倘若发生在他处亦无不可。但读者在阅读时，即觉故事发生在作者建构的虚拟吴越之地“江城”。何也？

一则，小说特定空间物象是由作品主人公特定时段的活动轨迹建构的。《范大糊》主人公实有其人，为清末浙江鄞县西乡人范文甫。范大糊即为文学化的范文甫。二则，小说特定空间物象是由作者叙述空间风物特色建构的。《跑龙套》写奶奶之所以能把“主角”请到家里吃客饭，主要是“我家”在“进水口”，意指故事发生在水系发达的江南水乡。三则，小说特定空间物象是由民俗世相建构的。俗话说“十里不同俗，百里改规矩”，民俗世相是地域民众精神文化的独特表征。主人请范大糊品尝的特制碧螺春“香露茶”，大概率只能出自盛产荷藕与香茶的南方；以自酿米酒招待客人，更大的可能发生于江南鱼米之乡。这些空间物象集合而成的信息流，即构成了作者乡土叙述的空间指向。

古人尝说词为诗余，那么，脱胎于纪实述史之“大”说，演变为虚构志人之“小”说，似亦可称之为“史余”。“大”说者，记家国之兴衰；“小”说者，叙人世之起伏。故“小”说者，更多地以地域性物事呈现为经、人事生发为纬，着眼于特定环境下人的活动。这一点在《十里红妆》里亦不例外，其如《米殇》《四明山心》《梅花尼》《十里红妆》，莫不如是。在赵淑萍的笔下，“江城”的物产古迹、旧闻掌故、风俗人伦、奇人异事一一展现在读者眼前，颇有一种文学化的地方志意味。这些带有强烈“方志性”的文学书写，饱含浓郁空间物象下的乡土叙述，建构了形而上意义的“甬上”文化乡土，也建构了赵淑萍的精神原乡——江城。

二、人生况味里的精神内涵

泱泱尘世，一方水土养一方人。生而为人，谁也无法摆脱一时一地之社会、历史、文化乃至自然环境的影响。一如哲人所言，人无法脱离自然和社会环境而存在。故“一方人”总带有鲜明的地域色彩和烙印。塑造或再现具有鲜明地域性格特点的人物形象，是微型小说乡土叙事须着力又吃力之处。

《码头》写一对男女，他搭上了她的“码头”，却错过了更大的“码头”。“其实，这世界上有许多路就是在你不知情的情况下被堵住的。堵住它们的，有时是你的仇人，有时是你最亲近或最爱你的人。”小说的结尾，这段似是作者旁白、又似主人公独白的话语，不论是作者的行文感慨，抑或主人公的怅然喟叹，无疑都增加了作品的感染力，也启发读者从更高的维度上进行哲理性的思考；对于作品，也起到了点睛之用。

微型小说的乡土叙事，塑造出鲜活生动、丰满形象的人物，仍嫌不足，高明的作家不应仅止步于人物自身，而要让读者通过“这个人”，体验到“他”所处区域的社会与时代，体味到“他”所浸润区域的历史与文化，体现出“他”所在区域的人的群体性格特征，体悟出“他”的精神图景因之所成的人生与人性。以上，应是每一位有追求的作家的艺术自觉。

赵淑萍显然注意到了这一点。《十里红妆》的人物，在他们起起伏伏的人生里，萦绕于人物背后的成因，尤其令人深思。

《死亡的预言》写了另一位医生。在这篇只有主人公姓氏和职业称呼的小说里，贾医生虽然其名不详，其事却令人印象深刻：贾医生除了治人疾患外，还能预知患者甚至自己的死期，令人称奇。及至贾医生临终前透露是朋友的父亲把自己的死期告诉贾医生，以此来抬举贾医生的医术时，无疑会引起读者更深层的思考：由来中国医学注重“正气”的作用，讲求身心协调合一。这些行走在吴越之地的无名乡医，以自己的身范昭示世人，“正气”在心，润泽自身。德艺双馨的医者，在医病的同时，何尝不是在医心呢？

阅读赵淑萍的微型小说，总感觉在叙事的表层之下，似有一种情感的涌动。这种涌动的情感，与叙事颉颃相生，似有若无，仿佛盐溶于水，观之无形，食之有味。《桃叶》《游春图》是本集中少有的以古喻今之作，作者在几代人的爱恋纠葛中，以叙事的方式，抒发着对旷古爱情的感叹。“每一幅古画里，每一首诗里，都有故事。千百年来，人物不同，地点不同，故事的模式就是那几种。”作者借文中收藏家之口发出的感叹，颇有几分“今人不见古时月，今月曾经照古人”之意。在《十里红妆》里，这样的作品比比皆是，作者的叙述似是波澜不惊，读者的心中却已春风浩荡，这不能不说是作者高超的笔力所致。

在《十里红妆》里，赵淑萍的叙述不是一事一叙，而是将人物的置身之地——吴越江南作为一个自给自足的“场”，写事则见人，人情人伦人性；写人则见物，事物什物风物；写物则见地，地方地区地域。因此，在她的作品中，人物、区域、风物、历史与文化才相互辉映，彼此交融；因此，才能从她的作品中，看到贯穿于人的天地之气，感受到氤氲于人物身上的精神内涵。

三、乡土叙述里的美学追求

乡土叙述与一地历史、文化、风俗、人情、舆地紧密相关，所反映生活的厚实、宽广与独特，对于当代小说审美视域和叙事空间的开拓，其用不言自明。吴越之地丰富独特、厚重鲜明的地域文化为文学书写提供了源源不断的素材，稍远有鲁迅、近有李杭育等先行者，他们的作品均以鲜明的乡土叙述为世人称道。

在《十里红妆》里，赵淑萍对于乡土叙述的美学追求，属有意有心有成者。以笔者观之，特点有三。

一是风物的呈现与突破，世情民俗下舆地的内涵与意蕴。《弹花匠和他的女人》写小弹花匠与少女莲莲之间的爱情故事。小说表现了两人的爱之真、爱之美。但读罢掩卷，总感觉在这幅色彩斑斓的风俗画的背后，在爱情叙述的表象之下，别有意绪。在现代工业化进程中，在商业化大潮冲刷下，一些传统行业的式微与消亡，是否一定要以一些传统文化的没落与消逝为代价？那些被庇护于非物质文化遗产襁褓中的传统文化，还能走多远走多久？我们总是说，一代人有一代人的爱情，一代人有一代人的生活，那些逝去的，也许永远都不会再回来了。这些应该是这篇爱情小说留给人们的思考。

二是人性的发掘与反思，文化植被下人物的再现与再造。有研究者认为，对于乡土叙述，大抵有两副笔墨和两种态度，一曰启蒙与批判，一曰理解与审美。其实，二者虽有抵牾之处，但也不是全然水火不容。在《桂花龙井》里，主人公“他”与邻家女孩雯雯之间朦朦胧胧、说不清道不明的情愫，在一罐一罐桂花龙井茶里氤氲、酝酿、生发。千百年“发乎情，止乎礼”的道德礼教，与二人之间慕强慕美的人性相互较劲，以及“他”的妻子内心成全与防范之中的矛盾，相互纠缠如一团生活的乱麻。“去吧，去拿两罐桂花龙井。女儿给我买的化妆品，你送一套去。老喝人家的，也该还个礼。”在小说的结尾，“他”的妻子这样对“他”说。救赎还是纵容，暗示还是讽喻？生活没有标准答案，作者给我们留下了一道回味无穷的思考题。

三是语言的从容与自然，乡土叙述下文本的叙事与抒情。关乎职业的收益最能体现一个人的道德取向。多少人假借为了生活之名，行伤天害理之实。但是，作为一个穿行在乡间里弄为逝者穿寿衣的底层业者，“梨花白”却屡屡做出与自己的职业收益相悖的事。一个多少有些上不了台面的职业，“梨花白”却自视甚高——饿死也不吃弟弟偷来的东西，认为吃了偷来的东西，就无法去给死去的人穿衣。这与时下许多做着高尚的职业，却做出等而下之之行者相比，高下立分。可见，高贵与否，不在于他的职业，而在于他的灵魂。这篇题为《梨花白》的小说，作者以旁观者的身份，似是不露声色，“客观”叙述，实则情溶于事，情溶于行，文本的表面冷静与情感的内里炽热、职业的平凡卑微与人格的超凡脱俗互相映照，在强烈的反差中反衬了人心人格人性之美，也体现了微型小说叙述艺术的文笔文辞文体之美。

纵观赵淑萍的《十里红妆》，大体遵笔记小说形制，似信手拈来，信笔而书，不刻意，不做作，却是内涵蕴藉，耐人品味；其乡土叙述，风物、掌故、史录等体现地域特色之述，也是摒弃浓墨重彩，散淡一笔却有点睛之妙；于人于事的讲述，也似街谈巷语，家长里短，绝无大开大合之笔、汪洋恣肆之谈，却让人掩卷沉思，流连再三。这像极了我们大多数的人生，看似随意挥洒，却是着意经营，虽则平常一人，平凡一生，平淡而终，但回首顾望，苍苍翠微，却也令人感慨万千，泪沾衣襟。不是吗？

参考文献

一、工具书

乐牛主编：《中国古代微型小说鉴赏辞典》，北京：中国妇女出版社，1991年。

潘树广编：《古典文学文献及其检索》，西安：陕西人民出版社，1984年。

上海辞书出版社文学鉴赏辞典编纂中心：《古代志怪小说鉴赏辞典》，上海：上海辞书出版社，2014年。

夏基松主编：《现代西方哲学辞典》，合肥：安徽人民出版社，1987年。

张岱年：《中国哲学大辞典》（修订本），上海：上海辞书出版社，2014年。

[美] 杰拉德·普林斯：《叙述学词典》（修订版），乔国强、李孝弟译，上海：上海译文出版社，2011年。

[美] 威尔弗雷德·古尔灵、厄尔·雷伯尔、李·莫根、约翰·威灵厄姆：《文学批评方法手册》，姚锦清、黄虹炜、叶宪、邹溱译，沈阳：春风文艺出版社，1988年。

[日] 竹内敏雄：《美学百科辞典》，池学镇译，哈尔滨：黑龙江人民出版社，1987年。

二、古代史料

孚嘉编著：《道德经——老子著作古代文本举要简编》，合肥：安徽人民出版社，2011年。

（战国）庄子：《庄子》，武汉：崇文书局，2015 年。

张觉：《荀子译注》，上海：上海古籍出版社，2012 年。

（东汉）班固：《汉书·艺文志》，北京：商务印书馆，1955 年。

（东汉）许慎：《说文解字》，杭州：浙江古籍出版社，2012 年。

（西晋）陆机：《文赋集释》，北京：人民文学出版社，2005 年。

（南朝梁）刘勰：《文心雕龙》，北京：北京联合出版公司，2015 年。

（唐）长孙无忌等撰：《隋书·经籍志》，北京：商务印书馆，1955 年。

（清）刘熙载：《艺概》，上海：上海古籍出版社，1978 年。

三、学术专著

曹卫军：《从象征到魔幻：西方现代派文学主流》，北京：中国社会科学出版社，2015 年。

陈先红：《讲好中国故事元叙事传播战略研究》，北京：人民出版社，2023 年。

陈平原：《中国小说叙事模式的转变》，上海：上海人民出版社，1988 年。

单世联：《西方美学初步》，广州：广东人民出版社，1999 年。

董学文、张永刚：《文学原理》，北京：北京大学出版社，2001 年。

冯友兰：《中国哲学史》，上海：华东师范大学出版社，2015 年。

傅修延：《讲故事的奥秘——文学叙述论》，南昌：二十一世纪出版社集团，2020 年。

傅修延：《先秦叙事研究——关于中国叙事传统的形成》，北京：东方出版社，1999 年。

郜元宝：《小说说小》，上海：上海文艺出版社，2019 年。

耿占春：《叙事美学：探索一种百科全书式的小说》，郑州：郑州大学出版社，2002年。

黄牧怡：《走出思维的迷宫：中外著名哲学悖论解析》，北京：金城出版社，2008年。

黄忠顺：《叙事与文体》，上海：上海大学出版社，2017年。

黄忠顺：《长篇小说的诗学观察》，武汉：华中师范大学出版社，2002年。

凌焕新：《微型小说美学》，南京：凤凰出版社，2011年。

凌继尧：《美学十五讲》，北京：北京大学出版社，2003年。

刘放桐等编著：《新编现代西方哲学》，北京：人民出版社，2000年。

刘小枫主编：《现代性中的审美精神——经典美学文选》，上海：学林出版社，1997年。

鲁迅：《中国小说史略》，北京：北京大学出版社，2009年。

彭锋：《美学导论》，上海：复旦大学出版社，2011年。

钱锺书：《管锥编》，北京：中华书局，1979年。

邱紫华、王文革：《东方美学范畴论》，北京：中国社会出版社，2010年。

邵毅平：《小说：洞达人性的智慧》，上海：复旦大学出版社，2008年。

石昌渝：《中国小说源流论》，北京：生活·读书·新知三联书店，2015年。

谭君强：《叙事学导论——从经典叙事学到后经典叙事学》（第二版），北京：高等教育出版社，2014年。

王朝闻主编：《美学概论》，北京：人民出版社，1981年。

王国维：《人间词话》，上海：文汇出版社，2007年。

王建仓：《中国现代乡土文学的叙事诗学：现代民族境界叙事和意象叙事兼论沈从文贾平凹》，北京：中国社会科学出版社，2010年。

王先霈：《文学文本细读讲演录》，桂林：广西师范大学出版社，2006年。

王瑛：《叙事学本土化研究（1979—2015）》，北京：北京大学出版社，2020年。

吴承学：《中国古代文体形态研究》，广州：中山大学出版社，2000年。

辛衍君：《意象空间：唐宋词意象的符号学阐释》，沈阳：辽宁大学出版社，2007年。

熊逸：《道可道：〈老子〉的要义与诘难》，北京：线装书局，2011年。

徐文玉等：《人·主体性·文学》，合肥：《安徽大学学报》（社科版特辑），1986年。

杨义：《中国叙事学》，北京：人民出版社，1997年。

叶朗：《美在意象》，北京：北京大学出版社，2010年。

叶朗：《现代美学体系》，北京：北京大学出版社，1999年。

尹星凡等：《西方经典哲学命题》，南昌：江西人民出版社，2006年。

余秋雨：《观众心理美学》，北京：现代出版社，2012年。

愚士选编：《以笔为旗：世纪末文化批判》，长沙：湖南文艺出版社，1997年。

张岱年：《中国哲学大纲》，北京：商务印书馆，2015年。

张东焱、杨立元：《文学创作与审美心理》，北京：中国工人出版社，1994年。

张黔、吕静平：《艺术美学导论》（第2版），北京：北京大学出版社，2016年。

赵毅衡：《苦恼的叙述者》，成都：四川文艺出版社，2013年。

中国微型小说学会编：《中国微型小说评论（第1辑）》，上海：上海文艺出版社，2023年。

周扬等编：《中国文学史通览》，上海：东方出版中心，1994年。

周振鹤、游汝杰：《方言与中国文化》，上海：上海人民出版社，1986年。

朱光潜：《谈美书简》，北京：中华书局，2012年。

朱立元：《当代西方文艺理论》，上海：华东师范大学出版社，2014年。

宗白华：《宗白华讲稿》，重庆：重庆大学出版社，2014年。

[奥]阿尔弗雷德·阿德勒：《洞察人性》，张晓燕译，北京：北京理工大学出版社，2017年。

[波]罗曼·英加登：《对文学的艺术作品的认识》，陈燕谷译，北京：中国文联出版公司，1988年。

[德]黑格尔：《美学》，朱光潜译，北京：商务印书馆，1991年。

[德]瓦尔特·本雅明：《无法扼杀的愉悦：文学与美学漫笔》，陈敏译，北京：北京师范大学出版社，2016年。

[德]沃尔夫冈·韦尔施：《重构美学》，陆扬、张岩冰译，上海：上海译文出版社，2002年。

[法]阿尔贝·蒂博代：《六说文学批评》，赵坚译，北京：生活·读书·新知三联书店，1989年。

[法]丹纳：《艺术哲学》，傅雷译，北京：北京大学出版社，2017年。

[法]罗兰·巴尔特：《符号学原理》，王东亮等译，北京：生活·读书·新知三联书店，1988年。

[法]吕西安·戈尔德曼：《论小说的社会学》，吴岳添译，北京：中国社会科学出版社，1988年。

[古希腊]亚里士多德：《诗学》，陈中梅译注，北京：商务印书馆，

1996年。

［加拿大］马克·昂热等主编：《问题与观点：20世纪文学理论综论》，田庆生、史忠义译，郑州：河南大学出版社，2010年。

［捷］米兰·昆德拉：《小说的艺术》，孟湄译，北京：生活·读书·新知三联书店，1992年。

［德］巴琮·布洛克：《作为中介的美学》，罗悌伦译，北京：生活·读书·新知三联书店，1991年。

［美］M. H. 艾布拉姆：《镜与灯：浪漫主义文论及批评传统》，郦雅牛等译，北京：北京大学出版社，1989年。

［美］阿瑟·阿萨·百杰：《通俗文化、媒介和日常生活中的叙事》，姚媛译，南京：南京大学出版社，2000年。

［美］阿瑟·丹托：《寻常物的嬗变：一种关于艺术的哲学》，陈岸瑛译，南京：江苏人民出版社，2012年。

［美］戴维·德斯迪诺、皮尔卡洛·瓦德索洛：《隐性格：伪善、偏见、谎言、罪与恶的背后》，黄欣译，北京：中信出版社，2013年。

［美］戴卫·赫尔曼主编：《新叙事学》，马海良译，北京：北京大学出版社，2002年。

［美］古斯塔夫·缪勒：《文学的哲学》，孙宜学、郭洪涛译，桂林：广西师范大学出版社，2001年。

［美］亨利·詹姆斯：《小说的艺术：亨利·詹姆斯文论选》，朱雯等译，上海：上海译文出版社，2000年。

［美］华莱士·马丁：《当代叙事学》，伍晓明译，北京：中国人民大学出版社，2018年。

［美］杰拉德·普林斯：《叙事学：叙事的形式与功能》，徐强译，北京：中国人民大学出版社，2013年。

［美］凯文·林奇：《城市意象》，方益萍、何晓军译，北京：华夏出

版社，2001年。

［美］克林斯·布鲁克斯、罗伯特·潘·华伦编：《小说鉴赏》，主万等译，北京：中国青年出版社，1986年。

［美］迈克尔·莱恩：《文学作品的多重解读》，赵炎秋译，北京：北京大学出版社，2006年。

［美］劳伦斯·布洛克：《小说的八百万种写法》，邵逸译，北京：中国友谊出版公司，2019年。

［美］鲁晓鹏：《从史实性到虚构性：中国叙事诗学》，王玮译，冯雪峰校，北京：北京大学出版社，2012年。

［美］罗伯特·麦基：《故事》，周铁东译，天津：天津人民出版社，2014年。

［美］罗伯特·休斯：《文学结构主义》，刘豫译，北京：生活·读书·新知三联书店，1988年。

［美］马克·波斯特：《信息方式：后结构主义与社会语境》，范静哗译，周宪校，北京：商务印书馆，2000年。

［美］J. 希利斯·米勒：《解读叙事》，申丹译，北京：北京大学出版社，2002年。

［美］莫提默·艾德勒：《哲学的底色——人类永恒追求的六大哲学主题》，栾建红译，北京：中信出版集团，2019年。

［美］维多利亚·林恩·施密特：《经典人物原型45种：创造独特角色的神话模型》（第三版），吴振寅译，北京：中国人民大学出版社，2014年。

［苏］阿·托尔斯泰：《论文学》，程代熙译，北京：人民文学出版社，1980年。

［日］大江健三郎：《小说的方法》，王成等译，石家庄：河北教育出版社，2000年。

［日］坪内逍遥：《小说神髓》，刘振瀛译，北京：人民文学出版社，1991年。

［瑞士］荣格：《心理学与文学》，冯川、苏克译，北京：生活·读书·新知三联书店，1987年。

［以］里蒙－凯南：《叙事虚构作品》，姚锦清译，北京：生活·读书·新知三联书店，1989年。

［意］翁贝托·埃科：《符号学理论》，唐小林、黄晓东译，上海：上海译文出版社，2023年。

［英］爱·摩·福斯特：《小说面面观》，苏炳文译，广州：花城出版社，1984年。

［英］彼得·巴里：《理论入门：文学与文化理论导论》，杨建国译，南京：南京大学出版社，2014年。

［英］戴维·洛奇：《小说的艺术》，王峻岩等译，北京：作家出版社，1997年。

［英］泰瑞·伊果顿：《文学理论导读》，吴新发译， 台北：书林出版有限公司，1993年。

［英］詹姆斯·伍德：《小说机杼》，黄远帆译，郑州：河南大学出版社，2015年。

四、评论

常如瑜：《转变与超越——耿占春叙事美学观念述评》，《当代文坛》2017年第6期。

龙迪勇：《空间中的空间叙事作品中人物的共性与个性》，《思想战线》2010年第6期。

施铁如：《语境论与心理学的叙事隐喻》，《华南师范大学学报（社会科学版）》2004年第4期。

隋岩、徐震:《叙事重构时代》,《现代传播》2016 年第 4 期。

谢龙新:《经典“叙事”概念外延、内涵及其超越》,《湖北师范学院学报(哲学社会科学版)》2010 年第 5 期。

谢锡文:《汪曾祺小说语境分析》,《小说评论》1997 年第 5 期。

张清华:《镜与灯:寓言与写真——当代小说的叙事美学研究之一》,《烟台大学学报》2005 年第 2 期。

张斯:《刘勰〈文心雕龙〉“隐秀”说研究》,广西师范大学硕士学位论文,2010 年。

周保欣、荆亚平:《地方的发现及其小说史意义——当代方志小说的历史观照与现实逻辑》,《浙江社会科学》2021 年第 7 期。

周保欣:《地方志与当代小说的体式创构》,《社会科学战线》2021 年第 2 期。

周保欣:《史地之学与当代小说的方志性问题》,《文艺论坛》2019 年第 3 期。

林丹娅:《华文微型小说的叙事自觉与阅读期待》,《厦门大学学报(哲学社会科学版)》2001 年第 3 期。

徐刚:《历史总结中的“老问题”与“新进展”——2021 年度当代文学前沿问题研究述要》,《南方文坛》2022 年第 3 期。

刘文良:《构建微型小说学——新千年微型小说理论研究管窥》,《株洲师范高等专科学校学报》2003 年第 3 期。

邵维加:《试论微型小说与近似文体的区别》,《东华理工学院学报》2004 年第 2 期。

张永葳:《独秀与共生——文类视域下笔记小说刍议》,《荆楚学刊》2024 年第 1 期。

王云:《福斯特的人物理论》,《郑州航空工业管理学院学报》2011 年第 4 期。

王德勇：《我国古代文学评点中的人物塑造理论》，《河北民族师范学院学报》1984年第1期。

尚必武：《叙事转向：内涵与意义》，《英美文学研究论丛》2016年第2期。

邱诗越：《叙述视角选择与文本叙事内涵——论中国现代市镇小说的叙事技巧》，《山西师范大学学报（社会科学版）》2013年第2期。

涂年根：《策略性叙事空白研究》，《江西社会科学》2015年第3期。

魏晏龙、田建国：《对于马林诺夫斯基语境观的再分析》，《西安建筑科学大学学报（社会科学版）》2012年第2期。

杜心源：《文学史：文类、叙事和历史语境》，《华东师范大学学报（哲学社会科学版）》2009年第4期。

［日］渡边晴夫：《中国当代微型小说发展及动向》，《陕西师范大学学报》2000年第3期。